U0907880

［荷］哈里·穆里施◎著

施辉业◎译

中国大百科全书出版社

图书在版编目（CIP）数据

暗杀 /（荷）哈里・穆里施著；施辉业译 . —北京：中国大百科全书出版社，2019. 9

ISBN 978-7-5202-0567-2

Ⅰ. ①暗… Ⅱ. ①哈…②施… Ⅲ. ①长篇小说—荷兰—现代 Ⅳ. ① I563.45

中国版本图书馆 CIP 数据核字（2019）第 201718 号


著作权合同登记号 图字：01-2019-4941

出 版 人 刘国辉
策　　划 止 庵
责任编辑 李默耘
装帧设计 仙 境
责任印制 李 鹏
出版发行 中国大百科全书出版社
地　　址 北京阜成门北大街 17 号
邮　　编 100037
网　　址 http://www.ecph.com.cn
电　　话 010-68341984
印　　刷 北京九天鸿程印刷有限责任公司
开　　本 880 毫米 × 1230 毫米 1/32
字　　数 120 千字
印　　张 6.5
版　　次 2019 年 9 月第 1 版
印　　次 2019 年 10 月第 1 次印刷
定　　价 48.00 元

到处都天亮了，

这里却还是黑夜，

不，比黑夜更黑暗。

盖尤斯·普利尼乌斯·塞昆都斯[①]

《著作》第六卷第十六节

---

① 塞昆都斯：生于公元23年，是古罗马时期众多学问渊深的著者之一，走上将公共事业和治学及创作相结合的道路。——全书均为译注

# 序幕

很久以前，在第二次世界大战结束前夕，一个叫安东·斯坦维克的人与他哥哥和父母一起住在哈勒姆城边。在一条运河岸边，一百多米长的码头在拐了个小弯后变成了普通的马路。码头上盖了四幢房子，彼此相距不远。虽然它们都不大，但是小阳台、凸肚窗、尖屋顶以及每幢房子前的小花园都给它们增添了一种别墅的气派。每幢房子楼上的房间墙壁都是斜的。这些房子都显得有些破旧和斑驳，因为即使在三十年代，房主也没有维修过他们。每幢房子在太平盛世时期都被主人起了个老实的、带有小资情调的名字：

好地方　别有情趣　想不到　安宁斋

安东家住在左边第二幢房子里，也就是盖着草顶的那幢。安东的父母在大战爆发前不久租下这幢房子时，它已经有了这个名字。安东的父亲本想给它起“埃雷德里亚”或者类似风格的名字，但要用希腊字母写在墙壁上。即使在大灾难之前，安东也从来没有把“别有情趣”这个名字理解为对乡村安宁生活的那一种情趣追求，却把它理解为让人们不要在这里追求任何情趣，正如“别住乡下”并不意味着叫人到乡下去度过一段不同寻常的日子，却正好相反，叫人不要到乡下去。

“好地方”里住的是博默尔一家，他们是一个年老多病的退休银行代理人和他的妻子。安东有时去他们那儿坐坐。他们总是给他端来一杯茶和小点心，他们总是把点心说成“点心儿”——当还有茶叶和点心卖的时候，也就是在这个故事开始很久之前，情况是这样的。有时博默尔先生给他读《三个火枪手》的一章。另一个邻居科特维赫先生，即“想不到”的房主，是一艘远洋商船的大副，由于战争爆发他被迫赋闲，做护士的女儿卡琳在他妻子去世后重新搬回来住了。安东有时通过房后花园篱笆里的一个洞爬到他们那儿去。卡琳总是对他很热情，但她的父亲却不理睬他。码头上的几户人家不常串门，不过最孤僻的要数阿尔兹夫妇了，这对夫妻从大战初期就住在“安宁斋”，阿尔兹先生好像在一个保险公司里工作，即使这点人们也不敢肯定。

这四幢房子好像是一个新住宅区的前期工程，但是工程一直停滞在这个阶段。在房子的两旁和后面是用从运河里挖出来的泥土填高了的一块地，那儿杂草丛生，还有灌木和一些大树。安东经常在这块地方上玩，住在附近住宅区的孩子也在那儿玩。有时当夜幕降临时，他母亲忘记叫他回家，一种芬芳的寂静笼罩着那块地方，这使他充满希望，他却不知道这是一种怎样的希望。这同将来他长大了以后将发生的事情有关系。大地和树叶都静止不动。两只小麻雀突然叽叽喳喳叫着跳跃起来了。生活也如同这些他被人们遗忘了的夜晚，神秘而无止境。

房前马路上的砖铺成了鱼刺图案。马路两旁没有人行横道，是一片草地，一直延伸到纤道那儿，草地略微倾斜，所以仰面躺在那儿很舒服。在宽阔的运河的另一岸——只有从运河的蜿蜒曲折才能看出它以前是一条河——有几家小农场和几间农场工人住的小房子；农场后面是一直延伸到地平线的草田。再远一些就是阿姆斯特丹市。安东的父亲告诉过他，战前，晚上可以看到云彩反射的城市灯光。安东去过阿姆斯特丹几次，参观了动物园和国家博物馆，还在他舅舅家住过一夜。右边河湾处，有一架从未转动过的风车。

当他躺在那块路旁草地上凝视远方时，有时不得不把两条腿弯曲起来。有时一个船夫沿着踩平了的纤道走过来，他好像是穿越几个世纪而来：腹部顶在好几米长的一根木杆上，上身向前弯曲九十度，木杆的另一头固定在一艘平底驳船的艏柱上，他慢慢地推着驳船在水里前进。掌舵的常常是系着围裙和梳着发髻的妇女，一个孩子在甲板上玩耍。有时船夫用另一种办法操纵木杆：站在船上，顺着船舷朝船头走，同时把木杆拖在身后的水里，到了船头后，他把木杆斜插入河底，然后用力握住它往回走，从而把脚下的驳船推向前。这是最让安东着迷的事情：一个男人为了把一个东西推向前却向后走，但同时又停留在某一个地方。真是个奇怪的现象，但他没有对任何人说过此事。这是他的一个秘密。只是当他后来向自己的孩子讲述这一场面时，他才意识到自己都经历过一些什么样的时代。只有在关于非洲和亚洲的电影里，还能见到类似情节。

每天有几艘载货帆船从这儿通过，这些装满了货物的庞然大物张着深褐色的风帆，静悄悄地在运河拐弯处出现，然后在看不见的风的推动下在下一个拐弯处消失。机轮的情况却与此不同。它们发着“突突突”的声音用船艏把水分成两半，在水里划了一个英文的“V”字，不断扩展，直至到达了两岸；那儿的水忽然上下振荡，此时船却已走了好远。随后水波反射回来，并且形成了一个颠倒过来的“V”字，即希腊文的“λ”字，它越来越大，但现在它同原来的“V”字水波互相碰撞，变形后到达了对岸，又从那儿反射回来，直到复杂的水波网覆盖了运河两岸之间的水面。此后，在水面恢复平静之前，它继续在长达几分钟的时间内经历各种形状变化。

安东每次都试图抓住这个景象确切的发展过程，但每次都由于各种原因导致水波变幻成他无法归纳的图案。

# 第一幕

一九四五年

# 一

天黑了，大约七点半。火炉里烧着几块木头，微火持续了几小时，但现在炉子又冷了。安东同父母、哥哥彼得一起在里屋的桌子周围坐着。一只盘子上放着一个花盆大小的锌制圆筒；上面插着一根很细的管子，它的另一端像英文的“y”字那样分叉，两簇尖细的令人目眩的火焰互相交叉从顶端的小孔里斜射出来。这套灯具发出来的没有灵魂的灯光照亮了房间，在轮廓十分清楚的阴影里，可以看见洗干净后晾晒的衣服，都是补丁摞补丁，还有炊具、几小堆没烫过的衬衫和用来使饭菜保温的装满干草的木箱子。还有从他父亲书房里拿出来的两堆书：酒柜上那排书供大家阅读，地上那堆小说是用来点燃备用火炉的，如果有东西可烧的话就用这个炉子烧菜；已经几个月没有报纸了。除睡觉之外，家庭生活都在这一间过去是餐厅的屋子里进行。拉门关上了。拉门后面，靠近马路的一边是客厅，整个冬天他们都没有去那儿呆过。为了尽可能地不让冷空气进来，白天那儿的窗帘也是拉上的，以致从码头上看，房子里好像没人住。

这是一九四五年一月。几乎整个欧洲已经解放。几乎所有的欧洲人都在欢乐、吃喝和谈恋爱，他们开始逐渐忘记战争；但是哈勒姆却越来越像一堆灰色煤渣，就像人们从炉子里掏出来的煤渣那样。

他母亲面前的桌子上，摆着一件深蓝色的粗线毛衣。那件毛衣已经拆了一半。她左手拿着逐渐增大的线团，右手飞快地抽线。安东看着来回穿梭的线头，它的运动使毛衣从世界上消失，消失的还有毛衣的形状，两只袖子摊平了的毛衣很像正在阻挡什么事情的人似的，现在它正在变成一个球。母亲对他微笑了一下，又立刻拆起毛衣来。她把金黄色的头发梳成辫子，然后把辫子盘成盖住耳朵的发髻，样子很像菊石①。她不时停下来喝一口放凉了的代用茶水。那是她用花园里的雪化成的水泡成的。自来水虽没断，但水管里的水冻住了。他母亲有一颗龋齿，但现在无法治疗；为了镇痛，她像她外婆习惯做的那样，把一颗干燥的丁香花蕾塞进了牙齿的洞里，这几颗丁香花蕾还是在厨房里找到的。她的丈夫坐在她对面看书，她是笔直地坐着，他却是驼着背坐着。他那开始发白的黑发围绕着秃了顶的脑袋长着，很像一块马蹄铁；他不时地在自己手掌里哈哈气，双手又大又粗，虽然他不是工人，而是区法院的文书。

安东穿的是哥哥穿小了的衣服，彼得则穿他父亲大大的黑西服。彼得当时十七岁，由于他正是在这个食品极度缺少的时代里突然长高的，所以他的身体看上去好像是皮包骨头。他正在写家庭作业，好几个月都没出过门：像他这个年龄的青年，有可能在大搜捕中被抓起来送到德国做苦工。由于蹲了两次班，他现在才读中学四年级，为了不至于落下太多的课，父亲现在给他补课，包括布置作业。兄弟俩外貌上的共同点很少。有的夫妇长得简直像一个人，这也许意味着妻子长得像丈夫的母亲，丈夫长得像妻子的父亲（或者更复杂一些，这是最有可能出现的情况），斯坦维克一家却由明显不同的两

---

① 菊石：已绝灭的海生无脊椎动物。因表面通常具有类似菊花的浅纹得名。

部分组成：彼得继承了母亲的金发和蓝眼睛；安东继承的是他父亲深褐色的头发，还有像花生仁的肤色，他双眼周围的颜色比其他地方略微深一些。安东现在也不上学了。他正在读中学一年级，但由于缺煤，圣诞节假期一直延长到严冬之后。

安东有些饿了，但他知道要等到第二天早晨才能吃到没有烤熟的、灰面制的面包和甜菜汁。那天下午他在设在幼儿园里的中心食堂排了一小时队，直到天黑了的时候，一个由肩上挂枪警察保护的装着大锅的手推车才出现在他们的街道里。他的票被撕掉，带来的大盆被盛了四勺清汤。在穿过空地回家的路上，他从这热的发酸的大杂烩里偷吃了几口。好在很快就到睡觉的时间了，在梦里世界总是和平的。

没人说一句话。外面也听不见任何声音。战争早就打起来了，并将持续下去。没有广播，没有电话，什么都没有。小火苗发出“嗞嗞”声，有时也轻轻地发出“啪啪”的声音。安东脖子上围着围巾，脚插在他母亲用一只旧提包缝制的暖脚套里。他正在读《自然和技术》杂志里的一篇文章。过生日时，他得到了从旧书店买来的一九三八年的合订本。文章的题目是《致我们后代的一封信》，照片上是一群穿着衬衫的健壮的美国人，他们仰头看着一只发亮的鱼雷状的圆筒，竖着悬挂在他们的脑袋上方，很快就要被埋藏在十五米深的土里。五千年后，这些人的后代才可以打开它，从而获得关于举办纽约博览会的时代里人类文明的一些印象。那圆筒是用特殊材料建造的，结实得令人难于置信，里头是一只由耐火玻璃制成的圆柱体，装满了几百件东西：有一个微缩胶片档案，内容是共计一千万字的介绍科学、技术和艺术现状的资料，还有一千张图画；有各种报纸、目录和著名小说；当然也有圣经和主祷文，它们被译成三百种文字；有伟大人物的语录；但也有一九三七年日本对广州可怕轰炸的电影镜头；此外，还有种子、电灯插座、尺子和其他一切能够装进圆柱体的东西，其中甚至还有一九三八年流行的时髦女人帽子。世界上所有重要的图书馆和博物馆都收到了一个通知，告诉它们灌满了混凝土的“永久性的井坑”在什么地方，以便让七十世纪的人们能找到它。可是，为什么，安东自问，非得等到六九三八年呢？在更早的时代里这些东西就不能引起人们的兴趣吗？

“爸爸，五千年的历史有多长？”

“正好五千年。”正在看书的斯坦维克头抬也不抬地说。

“是的，当然，不言而喻。但是，那时已经有……我的意思是……”

“快说，你的意思是什么？”

“就是说，五千年前的人是不是跟今天的人一样……”

“文明？”她母亲问道。

“是的。”

“你为什么不让小鬼自己提出问题呢？”斯坦维克问道，并从他的眼镜上面看着她。然后他对安东说：“那时人类的文明还很幼稚。在埃及，还有在美索不达米亚。你为什么问这个？”

“因为这儿写着‘过了……’”

“完成了！”彼得说，同时从摆满了词典和语法书的桌子边站起来了。他把作业本交给父亲，然后站在安东身边。“你在看什么？”

“什么也没有看。”安东说。他用自己在胸前交叉的两只胳膊盖住了书。

“不要这样，东尼。”他母亲说着把他拉起来了。

“他也从来不让我看他的书。”

“骗人，太臭了，安东·穆塞尔特[①]。”彼得说。安东却把鼻子捂住了，唱起歌来了：

我出生时姓巴赫[②]，

死去时也还是姓巴赫……

“住口！”斯坦维克用手掌拍着桌子说。

因为安东的名字和国家社会主义运动头子的名字一样，所以经常有人拿这一点欺负他。战争期间，法西斯分子经常给他们的儿子取名安东，或阿道夫，有时甚至安东·拉道夫。之所以知道这种情况是因为这些人在报纸上登了广告，自豪地报道自己家里生了个儿子，这些广告上面都是用古代日耳曼符号和捕狼夹[③]装饰的。当在战后遇到叫这样的名字、或被人称呼为“东尼或道夫”的人时，估计这个人是在战争年代出生的——如果确实如此，那么这个人的父母亲在战争中一定犯了错误，而且不是小错误，这像数学定理那么肯定。战后十年或十五年，又可以给孩子取名安东，这说明穆塞尔特的影响很小；阿道夫这个名字却始终不受欢迎。只有当重新出现一些阿道夫时，第二次世界大战才真正被人们遗忘；但为此需要先经历第三次世界大战，也就是说，所有的阿道夫们永远不存在了。安东是为了反击彼得才唱了那首歌的，如果不加以解释，谁也不理解歌词：它是广播电台一个滑稽演员用鼻音唱的歌，在德寇还准

---

① 安东·穆塞尔特：第二次世界大战期间荷兰纳粹组织国家社会主义运动的头子。

② 巴赫：荷兰语，词义为“倒霉”。

③ 捕狼夹：荷兰纳粹组织国家社会主义运动的象征。

许人们拥有收音机时，他用“彼得·巴赫”这个名字演节目。在荷兰语中“巴赫”这个词意味着厄运。然而，还有更多的事物是今天人们无法理解的——更何况对于安东。

“过来，坐在我旁边。”斯坦维克对彼得说，同时把他的作业本拿过来。他用大声朗读起彼得翻译的文章来了：“‘当下雨和化雪后河流涨水时；当这些河流从山上冲下来，在一个山谷里，把来自丰富源泉的巨大水流集中在自己的河床时；这时牧羊人在远处山上听见了河水低沉的怒吼：战士们短兵相接，艰难奋斗和大声喊叫出的就是这样的声音’……多美呀！”斯坦维克说，然后把身子往后靠了靠，还把眼镜摘下来一会儿。

“是的，非常美，”彼得说，“特别是如果你花了一个半小时翻译它，还是见鬼的那几句话。”

“花一天时间翻译它也是值得的。想想它是如何提到大自然的，不过是从侧面，在比喻里提的。你注意到了吗？你记住的不是那些打起来了的战士们，而是关于大自然的描绘——现在大自然仍然存在着。战争早就结束了，河流却还在，你还可以听见河水发出的声音，你就是那个牧羊人。作者好像要说，整个存在就是一个故事的比喻，关键是要了解那个故事。”

“那的确是战争。”彼得说。

斯坦维克装着没听见他的话。

“翻译得很棒，儿子。不过，有一个错误。互相汇合的不是‘几条河流’，而是‘两条河流’。”

“哪儿写着这些呢？”

“这儿。这个词，它的意思是合二为一，是两件东西的统一。只有这样理解，提那两个军队也合乎逻辑。只有荷马采用过这种形式。

想想‘象征’这个词吧。它的希腊文词根的意思是‘集合’、‘相遇’。你知道它派生出来这个词的含义是什么吗？”

“不。”彼得说，他的语调表明他不想知道这些。

“是什么，爸爸？”安东问道。

“那是块石头，他们把它砸成两半。假定说我住在另一个城市，请求房东接待你——他怎么样才会知道你的确是我的儿子呢？这时就做这样的分成两半的石头，一半留给房东，另一半给你。你到达他那儿时，这两个半块石头正好互相吻合。”

“这办法太好了！”安东说，“我也要这样做。”

彼得一边叹气，一边走开。

“天啊，我为什么必须懂这些东西呢？”

“这不是老天要求的，”斯坦维克说，此时他又从自己的眼镜框上面看着彼得，“是人类进步要求的。你将来会体会的，这些知识会使你在今后的生活中经常感到开心。”

彼得合上了自己的书，把它们堆成一堆，然后怪声怪调地说：

“看着人类的人，谁不发笑呢？”

“这又是什么意思，彼得？”他母亲问道。她用舌头把一颗丁香花蕾推到牙齿里。

“没有什么意思。”

“我也担心这句话没有什么意思，”斯坦维克说。接着他用拉丁文说，“小孩就是小孩。”

那件毛衣已经被拆掉了，斯坦维克夫人把毛线球放在自己的针线篮里。

“来呀，睡觉前先玩个游戏吧。”

“现在就要睡觉了？”彼得说。

“我们要节约使用我们的燃料。我们只剩下几天的了。”

斯坦维克夫人从抽屉里拿出了一盒跳棋，把台灯移开，然后翻开了棋盘。

“我要玩绿的。”安东说。

彼得看着他，用食指指了指自己的前额。

“你以为这样可以胜我吗？”

“是的。”

“咱们等着瞧吧。”

斯坦维克把自己的书翻开着放在自己身边。过了片刻，只有骰子的嗒嗒声和棋子在卡通棋盘纸上移动时发出的沙沙声。这时快八点了：宵禁的时间到了。屋外非常安静，就像在月球上才具有的那种安静。

## 二

荷兰的战场实际上很安静。在这片寂静中，街上突然响起了六声刺耳的枪声：先响了一声，接着是挨得很近的两声，几秒钟后又响了第四声和第五声。过了一会儿是某种喊叫声，然后是第六声。正要掷骰子的安东停住不动了，发呆地盯着母亲，母亲看着他父亲，父亲看着前面客厅和他们坐的里屋之间的拉门；彼得却把乙炔灯的罩子拿过来，然后把它盖在灯上。

他们立刻被黑暗笼罩着。彼得站起来磕磕碰碰地走到前面去，打开拉门，站在凸肚窗前面，从窗帘缝里偷偷地向外看着。顿时，客厅里冰凉发臭的空气流入了房间。

“他们打死了一个人，”他说，“有个人躺在地上。”他冲到了走廊里。

“彼得！”他母亲喊道。

安东听到母亲追着彼得出去了，自己猛地一下站起来，冲向窗户，跑动中准确无误地躲开了所有这几个月都没看见过，而且现在也看不见的那些家具：几只沙发、玻璃板下铺着花边桌布的矮圆桌、摆着陶瓷盘子和祖父母肖像的餐具柜、窗帘、窗台，都是冰凉冰凉的；好几个月没有一个人到过这间屋子，这里没有人呼出来的水汽，所有玻璃上甚至没有霜花。这是一个没有月亮的夜晚，但是冻雪反射着星光。他开始以为彼得在瞎说，可是透过左边窗户他自己也看见了彼得说的情况。

在空旷的马路中间，在科特维赫先生家前面，躺着一辆自行车，朝上突起的前轮还在转动——这种场面会给人留下深刻的印象，以致在后来拍的所有关于抵抗运动的影片中都能看到这样的特写镜头。

彼得一拐一拐地顺着房前花园的小路跑到马路上去。几个礼拜以来，他左脚一个趾头上长了个脓疮，经久不愈，所以他母亲从他皮鞋里剪掉了一块鞋皮。他在一个男人身旁跪下，那个人一动不动地躺在污水沟里，离自行车不远。右胳膊摆在水沟边上，好像是想躺得更舒服自在一点似的。安东看到了擦得发亮的黑靴子和鞋跟上的铁钉子。

母亲站在房子前门门槛上叫彼得回来，她的声音很大，但同时又好像是在耳语似的。彼得站起来，左顾右盼地看了一下码头上的情况，又看了一眼那个男人，然后一拐一拐地回家去了。

“是普鲁赫。”安东过了一会儿听见彼得在过道里带着某种胜利的语气说，“他彻底完蛋了。”

安东才十二岁，但他也知道：伐克·普鲁赫是警察局里的总检察官，是哈勒姆一带最坏的刽子手和叛徒。他经常路过这里，不是为了上班，就是为了回到海姆斯泰德的家。他是个彪形大汉，肩宽膀粗，面孔粗犷，一般都穿着深褐色的运动服，穿着衬衫，打领带，戴帽子，穿条黑色马裤和高帮皮靴子，他这副样子使人们想起了暴力、仇恨和恐怖。他儿子伐克是安东的同班。安东凝视着那辆自行车。他熟悉它们。有几次伐克是他父亲送到学校的，当时他就是坐在那辆自行车后边的货架上。每当他们到达学校大门时，大家都不说话了，这时普鲁赫总是以嘲笑的目光看着周围的人们；不过，他一走，伐克就低着头走进学校，他得自己考虑如何解决后面的问题。

“东尼？”这是他母亲的声音，“快给我离开那窗户。”

新学年的第二天，当还没有人认识伐克时，他身穿着纳粹青年团的浅蓝色制服、头戴着与制服配套的橙顶黑边帽子来到了学校。当时是九月份，是“疯狂的星期二”①之后不久，将要解放荷兰的盟军就要到来了，多数国家社会主义运动成员和卖国贼都已经逃到了德国边境，或者还要更远的地方。伐克独自一人坐在他的位子上，拿出自己的书本。数学教师博斯先生站在教室门口，胳膊支在门框上不让其他学生进教室，已经坐在教室里的也被他叫出来了。他对伐克喊道，他不给穿制服的学生上课，现在形势并没有发展到这种地步，而且也不会发展到这种地步，他必须回家换另外的衣服去。伐克一言不发，也不转头看老师只是纹丝不动地坐着。过了一会儿，校长穿过人群挤到博斯老师跟前，激动地同他低声说起话来了，可是博斯老师丝毫不让步。安东站在前面，从博斯先生的胳膊下面看着空旷教室里伐克的后背。忽然间伐克慢慢地把脑袋转过来了并直视着安东。此时此刻，安东觉得伐克非常可怜，他从来没有这样怜悯过别人。伐克当然不能回家，因为他有那样的父亲！在安东意识到自己在做什么之前，他已经从博斯老师的胳膊下面钻过去，到自己的位子坐下来了。这么一来博斯老师的反抗被打破了。放学时，校长在大厅里等着他，抓住他的胳膊，低声地对他说，他很可能救

① “疯狂的星期二”：一九四四年九月五日，盟军在比利时和法国北部登陆，逼近了鹿特丹，德寇和各色卖国贼一片恐惧，慌乱逃跑，老百姓充满胜利喜悦准备迎接盟军，然而，盟军又撤退了，德寇继续统治荷兰。

了博斯先生的生命。他不知道怎么来理解校长的表扬；以后再也没有人议论此事，在家里他也没有讲此事。

尸体在水沟里躺着，轮子不转了，上面是繁星密布的辽阔天空。他的眼睛已经习惯于黑暗，他看得比刚才清楚十倍。他看见了猎户星座，猎人举起了他的剑；还看见了银河和一颗放射出极其明亮光芒的行星，这可能是木星；几个世纪来，荷兰上空从来没有这么明亮过。地平线上，两个探照灯发射的光束慢慢地移动着，它们一会儿互相交叉，一会儿又分开，但是听不到飞机的声音。他发现手里还拿着骰子，便把它放进了口袋里。

正当他准备离开窗户时，他突然看见科特维赫先生从家里出来，卡琳跟在他后面。科特维赫抓住普鲁赫的肩膀，卡琳抓住他的靴子，过了片刻他们把他拖走，此时卡琳是倒退着走的。

“嗨，快看。”安东说。

母亲和彼得正好看见尸体被挪放在自己家门口。卡琳和科特维赫跑回去了，卡琳把掉进水沟里的帽子扔到了尸体那儿，他父亲则把自行车拖过来了。不一会儿，他们回到了“想不到”里。

站在斯坦维克家房子窗户前面的人们没有一个说话。码头又安静了，一切和从前一样，同时又和从前都不一样了。死者现在仰面朝天躺着，两只胳膊压在脑袋下面，大衣掀到腰部，好像普鲁赫是从高处跌落下来似的。右手握着一支手枪。现在安东清楚地认出了那张大脸庞，往后梳的、涂了油的头发贴在他头上，一点也没乱。

“他妈的！”彼得突然大声尖叫起来。

“嘿！嘿！嘿！”斯坦维克的声音在里屋的黑暗中响起来了。他还没有离开桌子。

“他们把他放在我们家门前了，这些混蛋！”彼得喊道，“上帝呀，一定要在德国鬼子到来之前把他抬走！”

“你别管闲事。”斯坦维克太太说，“我们与此毫无关系。”

“的确如此，但是他在我们门前！你知道科特维赫为什么这样做吗？显然是因为德国鬼子会报复。就像那天在莱登运河那样。”

“我们没干坏事呀，彼得。”

“这他们完全不管！他们是德国鬼子呀！”他走出房间，“快来！安东，我们来干吧！”

“你们疯了吗？”斯坦维克太太喊道。她呛了一下，清了清嗓子，吐出了丁香花蕾。“你到底想干什么？”

“把他放回去，或者放到博默尔太太门前。”

“放在博默尔太太门前？亏你想得出来！”

“为什么不能放在博默尔太太门前，却可以放在我们门前呢？博默尔太太与此事不也是毫无关系吗？斯巴尔纳河这几天也正好结冰了[①]……我们会看着办的。”

“不行。”

斯坦维克夫人现在也走出了房间。微弱的光线透过气窗照亮了门厅，安东看见母亲站在大门口前，而彼得则在试图把她推开。他听见他母亲一边转钥匙锁门，一边喊道：

“威廉，你倒是说句话呀！”

“是的……是的……”安东听见了他父亲的声音，他父亲还是在里屋里坐着，“我……”

从远处又传来枪声。

“如果他是早几秒钟被打死的话，他现在就躺在博默尔太太家门

---

① 斯巴尔纳河这几天也正好结冰了：意即不能把尸体扔进河里。

前了！”彼得喊道。

“是的……”斯坦维克用一种异常疲惫的声音轻声地说，“但是情况并不是这样的。”

“的确不是这样的！但是刚才的情况是他没有躺在我们门前，而现在的情况却的确是他躺在我们门前！我反正要把他放回原来的地方。我一个人去！”他突然说。

他转过身，想跑到厨房门口，然而，随着一声痛苦的喊叫，他撞到了一堆木柴，摔倒了。他母亲把房后那块空地上最后的几棵树砍了，劈成了这堆木柴。

“彼得，以上帝的名义，求求你！”斯坦维克太太喊着，“你在拿生命开玩笑！”

“你们自己才是！讨厌。”

在他还没能站起来之前，安东把厨房门锁上，然后把钥匙扔到走廊里，随着清脆的叮当声，钥匙消失在黑暗之中。接着安东跑到大门口，同样地把大门锁上，然后把钥匙扔掉了。

“他妈的！”彼得几乎哭起来了叫着，“你们都是笨蛋，全是笨蛋！”

他跑到里屋，猛地掀开窗帘，用健康的脚踢开通向花园的落地门。门很快地“咔咔”响地开了，贴在窗缝上的报纸也脱落了。安东突然看见父亲在雪地上的影子，他还是坐在桌子旁边。

彼得跑到花园后，安东又回到客厅凸肚窗前面。他往外张望，看见他哥哥一瘸一拐地出现在房角处。他跨过篱笆爬出去，抓住普鲁赫的皮靴子，正在这时他似乎有点犹豫：大概是因为突然看见大量的血，也可能是因为他不知道该往哪儿走。就在他没能做任何事情之前，码头的另一头有人大声喊叫：

“站住！不许动！举起手来！”

三个骑自行车的男人快速地过来了，他们把车子扔在马路上，跑着过来。彼得扔下那两条腿，抓过普鲁赫手里的手枪，一点也不瘸地跑到了科特维赫家的篱笆，消失在他们家后面。几个男人互相招呼着，其中穿着大衣和戴着鸭舌帽的一个人开了枪，然后追着彼得跑掉了。

安东觉察到了身边母亲身体散发出来的热量。

“怎么回事？他们冲彼得开枪了？他在哪儿？”

“在那儿！后边！”

安东把眼睛睁得大大地注视着所发生的一切。第二个男人是穿着制服的警察，他往回跑了，跳到自己的自行车上，飞快地离开了。第三个男人也穿着便服，他在马路对面沿着斜坡往下滑，蹲在纤道上，用两只手抓着一支手枪。

安东躲在窗台下面，把身子转过来。母亲不见了，他看见了桌子旁边父亲身体的轮廓，他父亲此时比刚才后背躬得更高，好像在祈祷似的。母亲站在房后花园的平台上，在黑夜里轻声叫着彼得的名字；现在流入房子的冷空气似乎是她的后背释放的。一点别的声音也没有。安东看见了一切，听见了一切，但从某种意义来说，他已经不完全在那儿。他的某一部分已经在另外的地方，或者完全不存在了。他营养不良，现在寒冷的空气快使他浑身冻僵了，但这不是唯一的原因。当时的情景是：他父亲坐在桌子边，在雪地上可以看见他身体的黑影子，轮廓十分清晰，好像是用剪刀在雪地里剪下来似的；他母亲站在外面星光照射的平台上——这是安东永远忘不了的。他把所看见的这种情景与在此之前和之后发生的一切割裂开来，然后把它缩小了，印入脑子里，开始带着它走完一生，在生命终结时，像一个肥皂泡那样破裂，从那之后一切变得好像从来没有过这种情景似的。

他母亲进来了。

“东尼？你在哪儿？你看见他了吗？”

“没有。”

“我们该怎么办呢？他可能躲到什么地方去了。”她非常着急地又出去了，一会儿又进来了。突然，她走到她的丈夫跟前，用力拉着他的肩膀。

“你倒是醒醒呀！他们冲彼得开枪了，很可能已经打中他了！”

斯坦维克慢慢地站起来，一声不吭地走出房间，身子又长又瘦。不久后他又回来了，已经戴上了他的黑色瓜皮帽子，脖子上围了条长围巾。正当他要从平台上走进花园时，他往后退缩了。安东听得见他想大声喊彼得的名字，但是嗓子只发出沙哑的声音。他失望地转过身子，走进房子来，浑身颤抖着坐在炉子旁。过了一会儿他才说：

“对不起，德娅……对不起……”

斯坦维克太太的双手互相紧紧地绞在一起。

“这么长时间一切都很顺利，为什么在这最后的时刻……安东，穿上大衣。啊，上帝，那孩子在哪儿呢？”

“他可能进了科特维赫家了，”安东说，“他拿了普鲁赫的手枪。”

他说完话之后他父母都沉默了，他由此明白了彼得那样做非常危险。

“你真的看见他这么做了吗？”

“是的，就在那几个男人到达的时候。就这样……当他跑掉时……”

此时灰尘使屋子里的灯光昏暗柔和，安东在这种光线下快速地表演了跑步的动作，一边蹲下去，一边用手抓走一支假想的手枪。

“他不至于去……”斯坦维克太太说不下去了，“我这就要到科特维赫家去。”

她想走进花园，但安东喊道：

“当心！那儿还藏着一个家伙！”

就像刚才她丈夫那样，花园的冰冷和寂静使她向后退了一步。一切都静止不动，花园，花园后面光秃秃的被雪覆盖了的空地。安东也没有动，然而时间仍然在流逝。时间的流逝仿佛使一切东西都发亮，就像小河河底上的卵石。彼得消失了，一具尸体趴在门前，房子周围埋伏着默不作声的武装的男人。安东觉得他应该立刻改变这一切，重新恢复刚才的情况，让全家又坐在桌子周围玩跳棋。他觉得如果能想到某种办法，他毫无疑问可以有力量做到这一点的，但一下子又想不起来这办法是什么。就像他有时突然记不清一些人的名字，平时记得很清楚，百问百答，但有时正当要把某一个人的名字叫出来时，却不仅忘记了它，而且越是努力回忆，越是记不起来。这也像有一天发生的那件事：那次他突然意识到自己在不停地呼吸，而且还意识到，他必须认真注意自己是否确实一直在这样做，否则就会窒息——就在这一刻，他差一点就窒息了。

从很远的地方传来了正在驶近的几辆摩托车的声音，还有一辆汽车的声音。

“妈妈，进来呀！”安东说。

“好的……我把门关上。”

她在控制自己，但是从她的声音听起来，他明白她处在某种情绪的边缘，而这种情绪是她无法控制的。他现在是唯一没有丧失理智的人——他当然应该是这样的，像个飞行员那样。在飞行中你有时会陷入困境，比如飞进台风的中心，那儿并没有风，晴空万里，但你还得出去，进入风眼周围的风暴，否则燃料将耗尽，你就会完蛋，无法挽救……

摩托车和汽车的声音是从房子对面的码头传来的，此时好像正在从远处驶来更多的汽车，是吨位更大的汽车。到现在为止，一切都还是正常的，除了彼得不在之外，到底发生了什么变化呢？事物到底怎么样才能变化呢？

忽然间，事情发生了。“吱吱”的急刹车声，德语的喊叫声，跳下车的士兵靴子上的铁钉踩马路的“嗒嗒”声。一束耀眼的光不时地透过窗帘缝照进屋子里。安东踮着脚尖走到了凸肚窗前。到处都是带着步枪和冲锋枪的士兵、来回开着的摩托车、载着更多士兵的卡车、一辆军用救护车，从救护车里抬出来一副担架。他猛地拉上窗帘并转过身子去。

“他们来了。”他在黑暗中说。

就在这时有人敲门，不过是用枪托无情地、猛烈地敲，以致安东立刻明白将发生可怕的事情了。

“开门！快开门！”

安东本能地跑到里屋去了。他母亲走到过道里，用颤抖的声音说她开不开门，钥匙丢了——可是门已经被踢开了，门板猛烈地撞到了门厅墙壁上。安东听见镜子哗啦啦地碎了：那是一面雕着两只小象的镜子，挂在蜗形脚的桌子上面。忽然间，过道和房间里站满了戴钢盔的武装士兵，他们把寒冷的空气带进了屋子里。在斯坦维克一家的屋子里，这些士兵都显得又笨又粗。这幢房子再也不属于斯坦维克一家人了。一盏灯照得安东眩目了，他用一只胳膊罩住眼睛，从胳膊下面，他看到一个人胸前闪闪发亮的德国野战军盾牌，挂在一根皮带上用来装防毒气面具的长方形铁盒子，还有粘着厚厚一层雪的靴子。在楼梯上和在他头顶上的二楼也都可以听见“咚咚”的靴子声。一个穿着便服的人出现在房间里。他穿着一件拖到脚腕的黑皮大衣，脑袋上戴着帽檐完全软塌下来的礼帽。

“拿出证件来！”他喊道，“快点，快点，所有的证件，全都拿出来！”

斯坦维克站起来，拉开酒柜的抽屉。同时他太太说：

“我们与这件事毫无关系。”

“闭嘴！”那个男人训斥说。他站在桌边，用他的食指指甲合上斯坦维克刚才读的书。“伦理学，”他看着书的封面说，“用几何学方法做出的证明。巴鲁赫·别涅狄克特·斯宾诺莎。啊哈！”说完他就把头抬起来了。“看看这家人在读什么书。犹太人的书！”然后他转向斯坦维克太太说：“你走几步给我看看。”

“要我做什么？”

“来回走几步！耳朵是不是聋了？”

安东看他母亲浑身哆嗦地走起路来了，她脸上带着孩子般的不解的神情。那个男人把站在他旁边士兵手里拿着的一盏灯照到了她腿上。

“够了！”他过了一会儿说——很久很久以后，在上大学时，安东才偶然地得知那个男人以为通过看她走路的样子可以看出她是不是犹太人。

斯坦维克手里拿着证件站在一旁。

“我……”

“您对我说话时应当摘下您的帽子！”

斯坦维克摘下他的瓜皮帽子，又开始说："我……"

"闭嘴，你这个混蛋，假犹太人。"

那个男人检查了一下身份证和配给卡，然后向周围扫了一眼。

"第四个人在哪儿？"

斯坦维克太太刚想说话，但她丈夫抢在她前面回答了那个人。

"我的大儿子，"他用颤抖的声音说，"被这可怕的事件吓坏了，突然离开了家，他没打招呼，朝那个方向跑了。"他用帽子指着博默尔一家住的"好地方"的方向。

"是吗？"那个德国男人边说边把证件装进口袋里，"他突然地跑了，是吗？"

"完全是这样的。"

那个男人摆了一下头。

"把他们带走。"

一切发展得更快了。什么也没准许他们带走，甚至连大衣也没让他们穿，就这样他们被推出家门。街上到处都是杂乱无章停着的摩托车、灰色的小汽车和军用卡车，到处都可以看到军服，可以听到喊叫声，还可以见到挥舞的灯光。有些士兵牵着狗。救护车开走了，只有普鲁赫的自行车还躺在那儿。一片很大的雪地被染红了。安东又听见不知从哪传来沉闷的枪声，他觉察到母亲的手在摸索他的手。当他抬头看她时，他看见她的脸好像已经变成了一尊塑像的脸似的，目光呆滞，表情恐怖。他父亲已重新戴上了自己的帽子，他像平时走路那样盯视着地板走。在经历前几个月死亡般的沉寂之后，今天的事情却使安东感到怀着一种矛盾的喜悦。也许是那些不停照到他脸上的耀眼光束使他有点被催眠了。但不管怎么说，终于发生了一件事呀！

正当做这场梦时，有人猛烈地把他和母亲分开，他感觉到母亲的手突然更紧地握住他的手。

“东尼！”

她已经被带走了，被带到他不知道的什么地方，在卡车后面消失了；他父亲也消失了。一个士兵拉着他的胳膊，把他带到在马路对面斜停着的、车身的一半开到路边草地上的一辆DKW牌汽车。他叫安东上车，然后在他背后关上了车门。

这是他平生第一次坐汽车。他模模糊糊地看见了方向盘和仪表盘。飞机上的仪表盘比这多多了，比如一架洛克希德埃勒克特拉型飞机甚至有十五个仪表盘，有两个操纵杆。他往车外面看，到处都看不见父母亲。彼得会待在什么地方呢？在科特维赫家里也有拿着灯的士兵进进出出。但是，他们并没有带着彼得出来，他肯定是穿过空地逃跑了。他们知不知道普鲁赫最初躺在那边吗？博默尔夫妇的花园里一个人也没有。因为汽车玻璃上雾气蒙蒙，他越来越看不清街上的事了；假如用手擦玻璃的话，自己的手会被自己的哈气弄湿，一切还是不清楚和模糊的。他父母卧室里通向阳台的门突然被打开了。不一会儿，楼下客厅的窗帘都被拉开了。所有的玻璃都被士兵们用枪托从里向外打碎了。安东发呆地看着雨滴般从楼上掉下来的玻璃碎片。这些人太野蛮了！回头父母在什么地方才能弄到新的玻璃呢？肯定什么也买不到了！好在看来士兵们现在破坏得差不多了，因为他们一个一个地出来了，让大门敞开着。

没再发生什么事情，但他们也不走。有几个人点上香烟，互相说起话来了，他们把手插在衣兜里，冷得直跺着脚；其他一些人用手电筒照了照房子，好像还要再一次满意地看一看自己都破坏了些什么似的。安东试图重新找到父母，但是稍远一点的地方陷入一片黑暗中，分不清任何人，安东见到的只是在来回穿梭的光束照射下的人影。狗在狂吠。他又回忆起刚才在房间里发生的事儿，想起了那个戴着帽子的人是如何骂他父亲的，这番回忆突然使他觉得难受——比事情发生时更难受。他父亲竟被强迫摘下帽子……安东立刻摒除了这些念头，希望永远再也不要想起它了，这件事根本就不应该发生。这一辈子他决不会戴瓜皮帽子，战后也不准许任何人戴帽子。

在一种奇特感情的支配下他向外张望着，外面更安静了，人们都远离了安东家的房子，谁也不动了。忽然响起了一声口令，一个士兵走到他们家的房子前，通过中间的凸肚窗向屋子里投了个东西，然后弯着腰跑了回来。随着震耳欲聋的爆炸声，一束耀眼的巨大的火花映亮了客厅。安东缩在座位里；当他重新抬起头时，第二颗手榴弹也爆炸了，这次是在楼下卧室里。紧接着出现一个士兵，他双手好像拿着喷火器，背上背着一个圆筒向前走，开始通过窗户朝房子里喷射长长的、隆隆作响的火焰。安东不敢相信自己的眼睛！正在发生的这一切是普通人能想象得出来的吗？他失望地害怕地寻找着父母，但是一束一束的光芒使他看不见远处的任何东西。冒着黑烟的火焰一束一束地飞进了屋子里，还飞进了客厅、门厅和卧室里，最后也飞到了草顶上。他们真的这么干！现在已经没有什么办法了！屋里屋外完全烧起来了。他所有的东西：他的书、卡尔·迈伊写的书、他的《大自然界的物理学》、他收集的飞机照片、父亲的书房、书柜里木板上一条条的绿色呢子、母亲的衣服、那只毛线球、椅子和桌子，全都完了。那个士兵关上了他的喷火器，消失在人群之中。几个肩上斜挂着卡宾枪的德国宪兵向前走过来，把手套塞在腰带下，然后试探地把手伸向噼噼啪啪作响的火，还互相说说笑笑。

又有一辆卡车停在不远的地方，在没有顶篷的货槽里站着一群穿着西装、冷得直发抖的男人，带着冲锋枪的士兵看着他们。在火光照射下，安东从黑色头盔认出了他们是德国近卫军的人。喊叫声、命令声，两个两个铐在一起的囚犯们跳到马路上，消失在黑暗中。火烧得极旺，被冰冻干了的房子像张旧纸那样燃烧着。安东也开始觉得汽车里热起来了。细长的火苗从房子左边屋顶凸出来的天窗朝房外闪动：安东家的屋子现在被烧毁了，但他却感到暖和些了。突然火焰穿透了屋顶，整个码头都被火光照亮，就像剧院演戏时那样。安东在那一瞬间似乎看到了母亲在汽车中间站着，她头发蓬松着；那儿在发生某件事情，但是他几乎什么都感觉不到了。他还在想：怎么搞的，本来禁止亮灯呀，一会儿英国人就会看见他们，而且就会赶到这儿来……假如他们来了该多好呀！用螺丝固定在凸肚窗上方屋檐上的锯歪了的木板已经烧焦了，但他还可以认出木板上刻的名字："别有情趣"。很长时间以来在那些房间里一直是很冷的，现在那儿却燃烧着地狱般的烈火。到处是缓缓落在雪地上的黑色炭灰。

几分钟之后，烧得扭曲了的房子开始发出"嘎嘎"的响声，火焰喷泉似的高高地喷射到天上去了，房子倒塌了。狗在狂吠；烤火的士兵们向后跳了一步，其中一个被普鲁赫的自行车绊倒了，横倒在街上，其他人捧腹大笑。与此同时，在码头的尽头一支机关枪开始发出"嘟嘟"的响声。安东侧着身子躺下去了，然后又缩成一团，两只胳膊互相交叉抱着自己的肩膀。

当那个穿长大衣的德国人打开车门看到他躺在长椅上，他愣了一下。他好像把安东忘了。

“见鬼。”他说。

他叫安东爬到座位后面狭窄的空档里，在那儿安东几乎什么都看不清。那个男人自己在司机旁边坐下来，点上一支香烟。发动机开始“嘟嘟”作响了，司机用袖子擦掉了汽车挡风玻璃上的水汽，安东第一次坐在行驶着的汽车里。所有的房子都没有开灯，街上除了偶然见到的几个德国人外，空无一人。两个男人没有说话。他们走的是去海姆斯泰德的公路，几分钟后他们停在有两个警察站岗的警察局门口。

暖和的警察局接待室里站满了男人，多数穿着制服，是德国的和荷兰的制服。安东立刻闻到一股炸鸡蛋的香味，口水快流出来了，但是他没看到有人在吃东西。这儿有电灯照明，大家都还在抽香烟。他被安置在高高的生铁炉子旁边的一把椅子上，热气包围了他。带他来的德国人同一个荷兰检察官说话，偶尔用下巴朝安东方向指了指。安东这才第一次看清了那个德国人的面孔——但是，假如他长大后看到同样脸庞的话，那么一九四五年看到的脸庞给他留下的印象很不一样。这是一个四十岁左右的男子，他的确脸庞瘦长，表情残酷，左面颊上有一条横的刀痕：如今这样的一副面孔是影片中让人发笑的细节，只有二流喜剧片和施虐淫片的导演还把它拍出来；也只有希姆莱的娃娃脸才勉强可以被艺术界采用。但是在当时情况下，那并不是艺术，那个男人确实长得那样子，活像一个“狂热的纳粹分子”，当时他的那副模样还不会引人发笑。过了一会儿，他没看安东一眼就走了。

一只胳膊上搭着一块灰色线毯的班长走到了安东跟前，叫安东跟他走。在走廊里，另一个警察追了上来，他手里拿着一串钥匙。

“这是怎么回事？”他看到安东后问道，“我们现在连孩子也要关起来？还是这孩子是个犹太人？”

“别问那么多。”班长说。

到了走廊尽头，他们一个一个地走下了通向地下监牢的楼梯。安东转过身，问班长：

“我父母也会来这里吗？”

班长看也不看他。

“我什么也不知道。我们和这次行动毫无关系。”

下面还有一段短些的走廊，那儿很冷。天花板上安装着各种导线和管道，两侧都有几扇铁门，门板涂了黄色的油漆，布满了铁锈斑。一只没有灯罩的灯泡吊在天花板上，发出微弱的光。

“哪儿还有空位？”班长问。

“哪儿都没有了。他得睡在地板上。”

班长扫视了每个门，好像看得见门板后面是些什么似的。

“在那儿好了。”他指着左手最后边的门说。

“德国党卫队保安处要求把那个人单独禁闭在那儿。”

“就按我说的做！”

警察拔去门闩，班长把线毯扔到靠墙的床板上。

“就这一夜，”他对安东说，“试试睡一会儿吧。”然后他转向牢房里安东看不见的一个角落，说：“你有个伴儿了，但不要对这小鬼说什么，懂吗？你们给他带来的麻烦够多的了。”

安东感觉到有一只手把他推入监牢，他跨过牢房的门槛，淹没在黑暗中。门在他背后关上了，他什么都看不见了。

## 三

他摸索着找到床板，然后坐下来。在这牢房里的某个角落应该有个男人，安东可以感觉到他的存在。他把两只手插在一起，搁在腿上，听着走廊里说话的声音，不一会儿他听到上楼梯的靴子发出的声音，地下监牢里安静下来。现在他也听到了另一个人的呼吸。

“你为什么在这儿？”

是一个女人的温柔声音。他觉得好像自己突然摆脱了巨大危险似的。他睁大眼睛想看周围的东西，但是黑暗像一潭黑水蒙住了他的眼睛。他忽然听到其他牢房里有人低声地说话。

“啊，他妈的……”她说道，沉默了一会儿后，她接着问，“上帝呀，你家里只有你一个人吗？”

“不是，还有我父母和我哥哥。”他感觉两只眼睛不由地想合上；他努力睁开眼睛，可是无济于事。

“他们现在在哪儿？”

“我不知道。”

“德国人把他们抓走了吗？”

“是的，至少抓走了我父亲和母亲。”

“你哥哥呢？”

“他跑了。他本来想……”安东头一次哭了起来。“我们这是怎么回事呢？”他很惭愧，但是一点办法也没有。

“坐到我身边来。”

他站起来了，一步一步地朝着她的方向走去。

“对，我就在这儿，”她说，“伸出你的手来。”

他感觉到她的手指抓住他的手，把他拉过去了。在床板上，她用一只胳膊搂着他，用另一只手把他的头按在她的胸膛上。她身上散发着一股汗味，同时还有另一种香香的气味，他不知道这是什么气味，大概是香水味。在牢房的黑暗中还有另一块更黑暗的空间，他听到她的心脏在“扑通扑通”地跳动着，对于只不过是在安慰别人的人来说，这种心跳可能过快。当他镇静下来之后，才发现门板下面有一道非常微弱的光，他目不转睛地盯着这道光。他进来时，她一定从这个角落里看见了他。她把她的毯子披在他们两人身上，紧紧地搂着他。她没有刚才的炉子那么热，但又很暖和。眼泪又涌上了他的眼眶，但现在他的感情完全不同于刚才。他本来想问问她为什么被关起来，但是没敢这样做。也许是因为在黑市上做买卖呢。他听到她在咽口水。

“我不知道你的姓名，”她轻声地说，“而且我也没必要知道。你也一样，也不需要知道我的姓名，但是有一件事你一辈子也不要忘记，行吗？”

“什么事？”

“你多大了？”

“快十三岁了，夫人。”

“别再叫我‘夫人’呀！听着，他们可能设法让你相信他们说的话，但是千万别忘记是那些德寇烧了你家的房子。是他们干的，不是别人干的。”

“这我知道呀，”安东有点生气地说，“那是我亲眼看见的呀！”

“当然了，但是他们这样做是因为那个坏蛋是在那儿被消灭的，因此他们会说，他们不得不烧房子，一切都归罪于抵抗运动。他们会说，抵抗运动成员明明知道会有报复行动的，所以房子被烧应当由他们负责。”

“啊，”安东直了直身子若有所思地说，“可是，如果这样，那么……那么根本就不存在罪魁祸首了。那么谁都可以为所欲为了。”

他感觉到她的手指在抚摸他的头发。

“对了，你知道不知道……”她犹豫了一下，“那个人叫什么？”

“普鲁赫。”他说，就在同时，他感觉到她用手指捂住他的嘴。

“小声点。”

“他叫伐克·普鲁赫，”他耳语着，“他原来是个警察，是个可恶的国家社会主义运动成员。”

“你看见他了吗？”她又非常小声地问道，“他真死了吗？”

安东点了点头。他意识到她看不见他的动作，顶多只能感觉到，所以加了一句：

“他彻底完蛋了。”他仿佛又看见了雪地上的血，“他儿子和我同班，也叫伐克。”

他听见她深深地吸了一口气。

“你知道吗？”过了一会儿她说，“如果抵抗运动成员没有那么干，这个普鲁赫还会杀更多的人。然后……”

她突然地把胳膊缩回去，哭了起来。安东吓了一跳，想安慰她，但又不知道如何才能安慰她。他站了起来，小心地伸出一只手，直到摸到了她的头发：浓密的、硬直的头发。

“你为什么哭呢？”

她抓住他的手，然后把它按在她的胸脯上。

“这一切都太可怕了，”她哽咽着说，“世界是地狱，是地狱！我很高兴现在一切很快就要结束了，我受不了了……”

他觉察到了自己手心里是她柔软的乳房——这是一种模模糊糊的感觉，但是他不敢动自己的手。

“什么就要很快结束了？”

她抓住他的双手。从她的声音，他知道她把脸转向他了。

“战争！当然是战争！再过几个星期，一切就完全结束了。美国人已经打到莱茵河岸，俄国人打到奥得河岸。”

“你怎么这么肯定呢？”

她是用非常肯定的口气说这一切的，而在安东家里，他听到的只是一些含糊的消息，表面上看起来是像消息所说的那样，事实上却总是另一个样子。她没有回答。尽管门下的光线太微弱了，但现在他还是可以模糊地分辨出她的脑袋和身子的轮廓来，还有她略微向两侧竖起来的头发：那就是她，一只胳膊伸向他。

“你能让我摸摸你的脸，让我知道你长什么样吗？”

一双冰凉的手，手指尖温柔地抚摸着他的前额、他的眉毛、脸颊、鼻子和嘴唇。他一动也不动，头稍稍地向后仰着，任她抚摸。他觉得这一切似乎是一个非常庄严的仪式，就像非洲人有时举行的那种。她突然抽回自己的手，呻吟起来了。

“你怎么啦？”他吃惊地问道。

“没什么。不要紧……”她现在往前躬着身体坐着。

“你不舒服吗？”

“真的没什么。真的。”她重新直起腰说道，“几个星期前，我曾待在比这更黑暗的地方。”

“你住在海姆斯泰德吗？”

“这是一个不该问的问题。关于我的情况你最好什么也别知道，这对你有好处。以后你会明白的。好吗？”

“好吧！”

“那么听着。今天晚上没有月亮，可天还是很亮的。几个星期前也有过这样一个没有月亮的夜晚，但那天有云彩，并且还没有下雪。我去住在附近的一个朋友家里，同他聊天，在宵禁开始后很久，深更半夜时，我才离开他的家。反正当时天很黑，谁都看不见我。我很熟悉那一带，我摸索着墙壁和花园篱笆往回走。我当时什么都看不见，甚至完全没有必要长眼睛。为了不发出声响，我是脱了鞋走的。我真的什么也看不见，但自始至终都准确地知道我在什么地方。至少我是这样认为的。当时我是靠自己的回忆里看见一切。这条路我走过几百回，甚至可能几千回，我熟悉每个角落、每个篱笆、每棵树、每个台阶——一切。然而，忽然间我迷路了。一切都不对了。在我本来应该摸到一个窗户的地方，我却摸到了一片灌木丛，本该是一条通向车库的车道，我摸到的是路灯杆子。又向前走了几步后，我什么也感觉不到了。我还是站在铺着石头的马路上，但我知道附近有一条运河，我怕再向前迈一步就会掉进运河里去。于是我趴在地上，在那儿爬了一段时间。我当时身上没有带火柴，也没有袖珍手电筒，最后只好坐在地上等天亮。当时觉得世界上只有我一个人，这你能想象得出来吗？”

“你哭了吗？”安东入神地问。他觉得在这漆黑的牢房里，仿佛看到了那天在黑暗中也看不见的一切。

“那倒还不至于，”她笑着说，“但是我真的害怕，也许是寂静比黑暗更让我害怕。我知道我周围到处都有人，但一切都消失了，世界停止存在了。我的恐惧和战争没有丝毫关系。只是我当时非常冷。”

“后来呢？”

“你知道是怎么回事吗？我就在自己住的那条街上，并且正好在自己家门口。你想想吧。迈了五步我就到家了。”

“我也遇到过一次类似的事，”安东说，他已经完全忘记了他在什么地方和为什么在这个地方，“有一次我到阿姆斯特丹我舅舅家去住了一段时间。”

“这是很久以前的事吧？”

“去年夏天，那时火车还通着。我想自己可能做了一场噩梦，我醒来了，想上厕所。天特别黑。在我家里，我总是从床左边下床的，可是当时那边突然是一堵墙。右边平时是墙壁，可是这次没有墙壁。我吓坏了。墙壁似乎比普通的墙壁硬得多，也厚得多……而在没有墙壁的床边……那儿好像是深深的山谷。”

“你那时哭了吗？”

“哭了，当然啰！”

“然后你舅舅或舅妈把灯打开了，你又知道自己在什么地方。”

“是的，我舅舅开了灯。我是笔直地站在床上的，并且……”

“小声点！”

此时传来了下楼梯的脚步声。她又用胳膊搂着他，静静地听着。走廊上有人在说话；钥匙发出“叮叮当当”的声音。接着传来了一阵喧闹声，安东弄不清楚是怎么回事，然后突然是一阵诅咒声和沉闷的拳打声。一个人被拖到走廊里，另一个人在牢房里继续诅咒。随着铁门板响亮的撞击声，牢门又关上了。拖到楼道上的那个人仍然在遭到拳打脚踢。他大声惨叫。更多的靴子声咚咚地从楼梯上传下来了，还有喊叫声。看来那个人被拖到楼梯上去了，监牢里安静了。有一个人在笑，然后就什么都听不到了。

安东全身都在颤抖。

“那是谁？”他问。

“我不知道。我在这儿没多久。这些败类……感谢上帝，他们很快就要完蛋了，比他们预料的还要快。你相信我吧，俄国人和美国人都会果断地收拾这帮混蛋的。我们想别的事情吧，”她说，然后又转向他，用双手抚摸着他的头发——“如果还能这样做的话。”

“你这是什么意思呢？”

“就是说，只要他们还让我们一起待在这里。明天他们就会放你出去。”

“那么你呢？”

“可能不会的，”她以一种怀疑的口吻说，好像认为第二天释放她的可能性还是存在着似的，“不过，我一切都会好的。我们谈些什么？你大概累了吧？你想睡觉吗？”

“我不想。”

“那好吧。我们一直谈着黑暗，现在要不要谈谈光明？”

“好吧！”

“你想象一下：很多的阳光，夏天。还有什么呢？”

“海滩。”

“是的。没有布满碉堡和铁蒺藜的海滩，沙丘，照到沙丘之间的阳光。你还记得它有多耀眼吗？”

“当然啰。小沟里的树枝总是被太阳晒得发白。”

突然，毫无过渡，她开始用奇怪的语调讲话，好像是同另一个坐在牢房里的第三个人说话似的。

“光，是的，但光不仅仅是光。我是想说，以前我曾想写一首诗，把光比作爱情——哦，不，把爱情比作光。对了，当然也可以那样做，把光比作爱情。这样可能更美，因为光比爱情产生的时间早。基督不这么说，但这没办法，基督徒就是这样的。也许你也信基督教？”

“我不信。”

“在那首诗里，我想把爱情比作光，太阳刚落山时你可以在树的周围看见这种光，这是一种奇妙的光，一个恋爱中人会发出这种光。仇恨是黑暗，是恶。然而，我们有义务仇视那些法西斯分子，这的确是件好事。是的，这是因为我们是以光的名义恨他们的，而他们只是以黑暗的名义恨别人的。我们仇视仇恨，因此我们的仇恨比他们的更好，但这也使我们在各方面都比他们艰难。对他们来说一切都很简单，而对我们来说，一切都很复杂。为了同他们进行斗争，我们必须略微改造自己，要变得有点像他们，略微否定自己；他们却没有这些疑惑，他们把我们毁灭时丝毫没有良心上的不安。我们需要在摧毁他们之前首先略微自我毁灭一下。他们可不需要，他们简单地继续保持自己的特征就可以了，所以他们那么强大。但是，因为他们身上没有光明，他们最终要失败。我们唯一要注意的是不要过分地变得像他们，不要过分地毁灭，否则最终还是他们获胜……”

她又呻吟了一下，但在他还没来得及说话之前，她又接着说下去了。他一点也不懂她说的话，但他感到很骄傲，因为她是把他当作成人那样说话的。

“那种光还有另外一个特点。一个恋爱中的人，总是说对方有某方面的美，内在的美，或者外表的美，有时内外都美——别人却常常完全看不见这种美，在多数情况下，那个人也确实完全不美。但是，恋爱中的人总是美的，这是因为他充满爱，那种光照亮了他。有一个男人爱我，并且认为我某些方面很美，实际上我并不美。他是美的，尽管从某种意义来说他丑极了。我也是美的，但这只是因为我也爱他——虽然他完全不知道这一点。他以为我不爱他，事实上我爱他。虽然你不知道我是谁，他是谁，但现在你是唯一知道这件事的人。他有妻子和两个像你这么大的孩子，他们需要他，就像你需要你的父亲和母亲一样……”

她突然停止说话。

“我父母能在什么地方呢？”安东低声地问道。

“大概也被关在什么地方。我想你明天就能见到他们。”

“但是为什么把他们关在和我不一样的地方呢？”

“是啊，为什么呢？因为我们是在与野蛮人打交道。现在世界一片混乱，他们可以为所欲为。但此刻他们都害怕得屁滚尿流。别着急。我倒更担心你哥哥。”

“他跑之前拿走了普鲁赫的手枪。”安东说，他希望她不会觉得这种做法很危险。

几秒钟后她才说：

“上帝呀，还有这样的事……”

从她的声音他又听出这是致命危险的事。彼得到底怎么样了？他突然觉得受不了了。他倒在她身上，立刻沉沉入睡了。

# 四

一小时或者一个半小时后，一阵喊叫声把他惊醒了。多年来整个欧洲都冲斥着这种喊叫声。他立刻被灯光照得炫目了。有个人抓着他的胳膊，用力把他从床板上拉下来，然后拖到走廊里——一切都如此迅速，以致他没有看见同牢房的那个女人。到处都是德国人和警察。一个帽子上有只颅骨、领子上缀满银星和银丝带的德国近卫军高级军官狠狠地关上了门。这是一个英俊的男子，三十五岁上下，五官端正，相貌高贵，安东在自己的少年读物的插图里经常看见这样的脸。

上楼梯时那个军官大声骂道不应该把这个小鬼关起来，而且恰恰是在那个女恐怖分子的牢房里！难道大家都丧失理智了吗？另外，这个该诅咒的女共产党员也不应当关在这里，他要把她带到阿姆斯特丹，带到他在欧特贝街的办公室。这里的先生们应该感到庆幸她的同党还没来救她，不然这里早就死掉好几个人了！这里为什么这么乱呢？谁安排了这一切？是保安机关里的人吗？啊哈！是你呀！布鲁图！[①]他肯定想在海姆斯泰德搞小动作，想在战后演圣诞节老

---

① 是你呀！布鲁图！：凯撒遇刺时说的话，凶手之一正是布鲁图，他是凯撒最信赖的人。

人，说自己是抵抗运动的伟大朋友。盖世太保对此肯定有兴趣。这个男孩应该高兴自己还活着。他脸上的血是哪儿来的呢？

安东又站在警察局接待室里，他看见一只戴着手套的食指在指着他。血？他摸了摸脸颊。一个警察指了指旁边刮胡子用的圆形镜子，那镜子挂在墙壁上的钢钩上。安东踮着脚尖，镜子像有放大作用，他看到凝干了的血迹。这是那个女人抚摸他的脸蛋和头发时留下的痕迹。

“这不是我的血。”

“那就是她的了。”那个军官喊道。还有这种事！她受了伤，应赶快叫个医生来，他还需要她。至于这个男孩，今天晚上把他带到军区司令部，明天把他送到亲戚家里去。还得快点，要把损失的时间夺回来，这帮人真是笨头笨脑，脑袋里只有奶酪[①]，怪不得他们的人动不动就被打死了。嗨！这个最高检察官普鲁赫！夜里骑车兜风，这个蠢猪！

安东披着一个毯子被一个戴着钢盔的德国人带到外面了，他又看到了水晶般夜晚的天空。门前停着一辆奔驰汽车，当然是那个军官的。汽车的顶篷是帆布制成的，机器盖两侧安装着很大的压缩器。那个德国人背着一支卡宾枪；深绿色军大衣的下摆在他的大腿周围扣上了，使他走起路来摇摇摆摆，很像一只笨重的狗熊。他跨上摩托车叫安东坐在他后面，并且紧紧抓住他。安东把毯子披在身上，用胳膊抱住德国人的腰，把上身紧贴在挎枪的后背上。

布满星星的天空下面，他们沿着空旷的街道奔向哈勒姆去了，一路上左摇右晃地前行着，一共走了不到十分钟。雪在轮胎下“嘎

---

① 脑袋里只有奶酪：荷兰人戏谑讽刺人的说法。

吱嘎吱”作响，连发动机的“嘟嘟”声好像也无法打破沉寂。这是安东平生第一次坐摩托车。虽然天很冷，但他还是得集中精力，防止自己又立刻睡着了。夜幕既明亮又黑暗。他眼前是那个德国人的脖子：在大衣橡皮领子和钢盔之间的皮肤，上面长满剪短了的黑发。安东回想起去年在游泳池里发生的一件事。普通人都必须在规定的时间之前离开游泳池，让德国军队来游泳，安东却在更衣室穿衣服时故意拖拖拉拉，以致超过了时间。他早就听到一纵队的士兵从外面走过来，听见了士兵们唱歌和靴子跺地发出的声音。“嗨哩嗨啰嗨啦！”过了一会儿，随着一阵喧哗，士兵们冲进了安静的大厅，他们粗野地乱跑着，欢笑着，狂叫着。安东没有听到开更衣室门和关更衣室门的声音，他们在集体更衣室里换衣服；一分钟后，他听到了他们光着脚向游泳池走去。更衣室恢复安静后，他才敢出来。在走廊尽头，他通过玻璃门看见他们：他们突然莫名其妙地变成了人，普通人，全都赤身裸体，躯体是白色的，脸部和脖子是棕红色的，胳膊在肘关节下面也是棕红色的。安东赶快跑了。在平时只有穷人使用的集体更衣室里，他看见了没人看管的军装、橄榄帽、皮带和靴子。那些东西好像是一种威胁，又充满着暴力的平静……那些军装脱离了衣钩，失重似的飘了起来，就像没有完全睡醒的人起床时所做的动作。它们飘向一堆柴火，高高的火苗飞舞着，正好在一幢白色木制的别墅屋檐下面——然而，幸亏这一切是在水下，在一条运河或游泳池里发生的，火焰发出一阵“嗞嗞”声后熄灭了。

他突然惊醒了。他们在豪特，军区司令部周围挖了防坦克沟壑，沟壑上面架了桥，桥的前面到处都是铁丝网。一个哨兵放他们过去了。在黑暗的军区司令部院子里，卡车和其他汽车还在喧嚣。这些汽车的车头灯都贴上了纸，灯上还装了小小的灯罩，透过纸上横的窄缝射出了一些光线。发动机和喇叭发出的喧嚣，士兵们的嚷嚷声，一切同遮遮掩掩的灯光照明形成了神秘的对照。

那个士兵蹬开摩托车撑脚把车子停稳，然后把安东带到司令部里面。在那儿一切也仍然在全面运转着，军人们在来回走路，电话铃叮铃铃地叫着，打字机嗒嗒作响。那个士兵叫安东坐在一间小的、暖和的屋子里，等候处理。通过开着的门安东可以看到一条深深的走廊——突然他看见了科特维赫先生。他和一个没戴帽子、胳膊下夹着一些纸的士兵一起，从一间屋子里出来，穿过走廊，消失在对面的一个门洞里。他们肯定已经知道他所做的事情。一想到父母肯定也在这里，安东打了个呵欠，躺在长板凳上睡着了。

醒过来时，安东的目光遇到了一双眼睛，那是一个上了年纪的德国军士长，他穿着一件肥大的军装和很大的矮筒靴子，亲切地对安东微笑着。安东此时躺在另一间屋子的红沙发上，一条毛毯盖在他身上。外面天已经亮了。安东对士兵微笑了一下。一瞬间他想到了家里再也没有房子了。但这一念头立刻又消失了，军士长把一把椅子挪过来，往椅子上放了一只倒满热牛奶的搪瓷敞口杯和一个盘子，上面放着三片椭圆形的黑面包，面包上抹着一种颜色像不透明的玻璃那样的东西——很多年以后，他在路过德国去托斯卡纳[①]的房子度假时，才知道这是鹅油，德语里叫“施马尔兹”。当时他觉得味道美滋滋的，从此以后再也没有机会，觉得一样东西如此美味，甚至世界上最高级的饭店，例如法国里昂的博库士饭店和巴黎拉塞特酒家最高级的菜肴，或味道最美的拉费特——罗特希尔德酒或桑泊汀

① 托斯卡纳：意大利中部的一个区。

酒，都比不上那天早上的一杯热牛奶。一个没有挨过饿的人会从那些美酒佳肴得到更大的享受，但他永远不知道吃的是什么。

“味道不错吧？”军士长说。

军士长又拿来了第二杯热奶，高兴地看着这杯奶也被喝掉后，他叫安东去厕所里的水池洗脸。在镜子里安东看到自己脸上的血迹已经变成了铁锈色，他犹豫地、一点点地擦掉了唯一留下的她的东西。然后军士长用一只胳膊搂着他的肩膀，把他带到了军区司令的办公室里。安东走到门口时犹豫了一下，但是军士长做了个手势让他在办公桌对面的沙发上坐下。

军区司令——也就是城市的总督——正在打电话，他瞟了安东一眼，虽然并没有真正看见他，但像个父亲那样向他点了点脑袋，叫他不要紧张。军区司令是个矮胖子，白发理得很短，穿着德国军队的灰色军装，腰带和手枪都搁在办公桌上的帽子旁边。办公桌上还摆着四幅装在框子里的照片，安东只能看见它们的背面和打开了的、三角形的支脚。在他对面的墙壁上挂着一张希特勒的照片。他看着窗子外面掉光了叶子、挂满冰霜、感动不了任何人的树，对它们来说世界上从来没有战争。军区司令放下话筒，写了几个字，在文件夹里找了一下什么东西，然后把两手交叉放在吸墨水的纸板上，问安东睡得好不好。他的荷兰话有浓重的德语口音，但是很好懂。

“很好，先生。”安东说。

“昨天发生的一切太可怕了。”军区司令摇了一下脑袋，“这个世界充满着苦难。到处都一样。我在林兹①的家也被炸毁了。我家全部完蛋了。”他点着头继续盯着安东。“你不是想说话吗？”他说，

---

① 林兹：奥地利的一个城市。

“说吧！”

“我父母会不会也在这儿？他们昨天晚上也被带走了。”他懂得不要提彼得，否则可能会让司令抓到线索。

“那是另一个部门干的。我很抱歉，我一点办法也没有。现在一切都乱套了。我想，他们就在附近某个地方。要等待，战争不会持续太久了。到那时一切都将是一场噩梦。好了。”他突然笑了一下，向安东伸出胳膊，“我们现在怎么安排你呢？你留在我们这里吗？当兵吗？”

安东也微笑了一下，但不知道说什么好。

“你长大后打算干什么……”司令看了一张小小的灰色卡片上写的字后说，“安东·埃曼努伊尔·威廉·斯坦维克？”

安东明白司令手里拿着的是他的配给卡。

“我还不知道，可能当个飞行员。”

军区司令微笑了一下，但笑容立刻又消失了。

“好吧！”他边说边打开一支桔黄色的粗钢笔，“我们现在得谈一些严肃的事情。你在哈勒姆还有亲戚吗？”

“没有，先生。”

军区司令抬起头来看着他。

“一个亲戚都没有吗？”

“我只在阿姆斯特丹有亲戚。我舅舅和舅妈。”

“你觉得这段时间可以住在他们家吗？”

“肯定可以。”

“你舅舅姓什么？”

“范里姆普特。”

“叫什么？”

“嗯……彼得。”

“职业？”

“医生。”

想到这段时间要住在舅舅和舅妈家，他很高兴。他经常想起他们在阿波罗街的美丽房子。从某种意义来说，那幢房子有点神秘：也许因为它身处一座大城市。

军区司令一边记下了他舅舅的姓名和地址，一边做作地说：

“菲比斯·阿波罗！光和美的神！”突然他看了一下表，放下笔站了起来，“等一下，”他边说边快步地走出了办公室。在走廊里，他朝一个士兵喊了几句话，接着那个士兵“咚咚”地跑掉了。“马上有个小车队要去阿姆斯特丹，”司令回来时说，“你可以立刻跟他们一起走。舒尔兹！”他叫道。就是那军士长。司令叫他送安东去阿姆斯特丹。军区司令本人马上给阿姆斯特丹当局写个纸条，在这期间军士长要给这个男孩穿得暖暖和和的。他走到安东跟前，向他伸出一只手，另一只手放在他的肩膀上。“一路平安，飞行将军！鼓起勇气来。”

“好的，先生。再见，先生。”

“为您效劳，我的小家伙。”

司令用弯曲的食指和中指捏了一下安东的面颊，然后安东被带出了办公室。

在一个冰冷的、充满一股霉味的仓库里，舒尔兹给安东挑选衣服，同时操着一口听不懂的方言对安东说话。长长的几排衣架挂满了大衣，货架上是一排排新的头盔，地上摆着长长的一排靴子。舒尔兹带回来两件灰色的厚毛衣，叫安东一件套着另一件穿；围着他耳朵系了条长围巾，然后一顶钢盔被套在围巾上面。沉重的钢盔摇摇晃晃地往下滑，盖住了安东的耳朵。舒尔兹在皮里子下面塞了些纸，把带子拉得更紧了点，这样头盔合适了。舒尔兹后退了几步，看了一下效果，不满意地摇了摇头。他从最左边的衣架取了件大衣，然后把它拿到安东跟前，比了一下大小，接着从一个抽屉里拿出一把很大的剪刀，把大衣放在地上，于是安东惊奇地看见了军士长一下子给他剪了件合身的大衣：大衣的下摆和两个袖子都被剪短了。一根旧细绳子被系在他腰上，防止大衣从他身上掉下来。最后舒尔兹给他戴上了一双大皮手套。舒尔兹哈哈大笑起来了，说了一句安东听不懂的话，然后更大声地笑起来了。

如果他的同学们见到他这副样子一定会乐！可是他们都在家里没事干感到无聊，什么也不知道。在楼上，舒尔兹也穿上了大衣，戴上了头盔，随后到军区司令办公室里取了那封信并把它塞进内衣兜里，他们走出了司令部大楼。

细细的闪闪发亮的冰碴从黑暗的天空掉下来。在车库旁边，在围墙围起来的司令部院子的另一头，一支小车队正在等待出发。有四辆用灰帆布覆盖的大卡车，最前面领路的是一辆长长的敞篷汽车：前排司机座位旁边，坐着一个军官，他不耐烦地等着舒尔兹和安东，坐在后面两排座位上的是四个大腿上放着冲锋枪、穿着很厚衣服的士兵。安东被安置在第一辆卡车的驾驶室里，坐在一个愣头愣脑的士兵和舒尔兹之间。今天他经历的事情真多呀！安东太小了，他还不能真正地思考。因此，他经历的每一件新的事情，都把前面的事情从脑子里挤掉，甚至使他几乎忘掉前面发生的那些事情。

车队穿过城市开出了哈勒姆市。他们驶进旧运河岸边的两条车道，通向阿姆斯特丹市的长长的、笔直的马路。除了他们之外，马路上没有一辆汽车。在马路左边，电气化列车和电车的空中电缆勾成优美的曲线，有的铁轨像蜗牛的触角那样竖起来，有的电线杆倒了。四周都是冻冰的土地。他们开得很慢；驾驶室里马达的嘈杂声音使他们难以开口说话。一切都是肮脏的、激烈振动的铁板制成的。从某种意义上说，安东这一天了解的战争超过了他过去听说的一切。火和铁——这就是战争。

他们穿过哈弗维赫，马路上一个人也没有，然后从凄凉的制糖厂前面开过去，距离阿姆斯特丹还剩最后二十公里路。在地平线上，在沙堤后面，他已经能看到城市了。父亲曾告诉过他，沙堤是为了修筑环城公路垒起来的。当他们驶过被雪覆盖的挖泥炭地[①]时，第一辆汽车突然猛地斜插到路旁草地上去了，此时士兵们手忙脚乱地嚷嚷着跳下了汽车。此时此刻，安东也看见了飞机：它只有蚊子那么大，在远处横着飞过公路。司机猛地踩了刹车，喊道：

“快下车！”

他没关发动机就跳下了卡车，舒尔兹也像他一样从另一侧跳了下来。到处都可以听见叫喊声。前面的士兵们都在他们坐的汽车后面蹲着，冲锋枪端在胸前，时刻准备开枪。在安东右边有一个人在大声喊叫和做着手势，安东斜着眼睛看过去，那是舒尔兹。但是安东的目光就是离不开那个小东西，而那个小东西绕了个大弯，飞到了公路上空，然后直直地飞过来，突然很快地变大了，是一架斯匹费式飞机，不，是一架蚊式飞机，不，是一架斯匹费式飞机。他惊呆了，盯着那颤抖的一堆铁，看着它如何朝他飞来，好像飞行员喜欢他似的：飞行员不会伤害自己的，他是站在他们一边的，这他们知道——昨天还知道……他看见机翼下火花四溅，这是小事情，不

① 挖泥炭地：荷兰人过去用泥炭作为取暖和做饭的燃料。

值得注意。地面上也爆发了阵阵枪声，到处都是炮弹发出的嗞嗞声、爆炸声、嗒嗒声；他感觉到了炸弹撞击地面时引起的激烈震荡。以为飞机要冲击汽车，他缩在方向盘下面，此时发动机的吼叫声使他觉得好像有一辆压路机从身上开过去似的。

过了一会儿，一个人把他拖到路旁草地上，他看到马路旁至少有一百个士兵从地上爬起来。在不远处最后一辆卡车附近，冒着烟，受伤的士兵在呻吟。飞机消失在云层里，后来再也没有回来。大多数人都跑到受伤的士兵那儿，安东的心还在扑通扑通地跳着，他穿过马路到军士长那儿去了，像电唱针大小的冰片被风刮到他的脸上。在卡车的另一侧，就在脚蹬板旁边，两个士兵正在小心翼翼地把一个人的身体翻过来，是舒尔兹。他胸部的一侧已经变成了一团暗色的血，鼻子和嘴巴里也淌着血，他还活着，但是他的脸因为痛苦而抽搐着，安东明白必须立刻采取措施，但忽然觉得恶心，满身大汗地转过身走了，这不是因为看见了那么多血，而主要因为自己感到无能为力。他摘下钢盔，解开围巾，摸索到颤动的挡泥板，与此同时呕吐起来了。几乎同时，最后的一辆卡车着火了。

接下来发生的事几乎没有给他留下任何深刻记忆，有人重新把钢盔按在他脑袋上，有人把他送到一直没关车门的敞篷汽车上。军官喊着口令，舒尔兹和其他受伤的人——其中可能也有死人——都被搬到了第三辆卡车上，所有其他士兵都挤在前面两辆卡车上。几分钟之后，车队扔下了着火的卡车又上路了。

当他们驶近阿姆斯特丹时，那个军官不停地越过安东对司机喊叫，他突然问安东他到底是谁，要去什么地方，见鬼的。安东听懂了他的问题，但是他喘得太厉害，无法回答，于是军官做了一个表示轻蔑的手势，说其实他也讨厌这一切。舒尔兹的脸一直在安东眼前晃动，他是在离卡车很近的地方倒下的，他是想把安东从驾驶室里拉出来，现在舒尔兹就要死了，全都怪自己……他们越过防坦克沟开进了城市，开到不远处的一个十字路口时，军官在车里站了起来，甩手势告诉前面两辆卡车的司机要直接往前开——在这一刹那安东看见了他在第一辆汽车机器盖上呕吐的东西——然后他示意第三辆卡车的司机要跟他走。他们沿着一条大运河行驶了一段时间，马路上几乎没有行人；他们有时穿过一些十字路口，一群群衣着褴褛的妇女和孩子在生锈的电车铁轨之间找东西，他们把铁轨之间的石头都撬掉了。在穿过两旁是破烂不堪房子的窄小街道之后，他们到达了城西招待所的大门。招待所后面是医院，医院本身就是一个有街道和大建筑物的“小城市”。他们停在一个木板棚前面，一块指路牌上写着“拉扎雷特”。几个护士立刻跑来了，他们一点也不像卡琳：她们穿着拖到脚腕的深色大褂，白色的帽子小得多，像小口袋似的包住了头发。军官和坐在后排座位上的士兵们跑下了车，可是当安东也想那样做时，司机拉住了他。

他们两人又回到城里，安东觉得脑袋很沉，似乎灌满了铅，他向四周张望着。几分钟后，他们经过了国家博物馆——他父亲过去曾带他参观过博物馆——进入一个很大的广场。广场的中央部分用铁丝网围了起来；那儿还有两个巨大的、长方形的地堡。在广场另一头，在国家博物馆的正对面，矗立着一个希腊庙宇式的建筑物，屋顶上有一个里拉琴①，门楣下面用几个大字写着“音乐厅”。音乐厅前面是一幢矮小的房子，门上写着“军人之家埃里卡”。广场左右两侧是一幢幢大别墅，其中几幢看来是德国人住的。他们在其中一幢门前停

---

① 里拉琴：古希腊的一种七弦竖琴。

车。肩上挎着枪的哨兵瞟了安东一眼，问了问司机安东是不是最新征来的士兵。

大厅里有人笑话他：戴着钢盔、穿着太大外套的小鬼太可笑了——然而，正要上楼梯的一个军官制止了笑声。他穿着闪闪发亮的高筒皮靴，衣服上装饰着各种飘带、徽章和丝带，脖子上挂着一枚铁十字勋章。他可能是个将军，四个年轻军官跟着他。他停步了，问了问这是什么意思。司机笔直地立正了，安东听不懂司机的回答；但应该是说了空袭的事。将军边听边从一个小盒子里抽出一支扁平的埃及雪茄，在盒子盖上把它敲实，安东看见盒子盖上写着“伊斯坦布尔”。一个军官立刻划了根火柴送上去。将军头略微向后仰了仰，往上直喷一股烟雾，用手势打发了司机，让安东跟他上楼。其他的军官耳语着，偷偷笑着。将军笔直的后背有些前倾，安东估计至少形成了二十度的弯度。

在一间很大的屋子里，将军不高兴地用一个手势示意安东先脱下那套荒唐的服装。他说安东打扮得像比亚里斯托克[①]犹太人居民区里的流浪儿。这时那些年轻军官又微笑了。当安东遵照将军的要求脱衣服时，将军打开了门，训斥了旁边一间屋子里的人。其他军官退到后面去了，剩下一个军官用优美的姿势在窗台上坐下来，并且还点上一支烟。

当安东在办公桌前坐下后，一个苗条漂亮的女郎走进来，她穿着一条黑裙子，金发在脑袋两侧是往上梳的，但在脑袋后面是往下垂着的。她在安东面前放了一杯牛奶咖啡，碟子边上还放着一块牛奶巧克力。

---

① 比亚里斯托克：波兰东北部一小镇。

“请吃吧，”她用荷兰语说，“你肯定喜欢吃。”

巧克力！他几乎只是从别人说的话里才知道它存在着——这里好像是天堂。然而，他还没有机会去吃它，因为将军要他现在就从头到尾地讲讲都发生了些什么。那个姑娘当翻译。安东讲故事的第一部分，即关于暗杀事件和放火烧房子那部分时，他哭了一会儿(但一切都像很久以前发生的)——将军则面无表情地听着，只是偶尔小心地用手掌抚一抚精心梳理过的头发，用手指背摸了摸刮得精光的脸，但当他听到后面每个阶段的情景时，他似乎不敢相信自己的耳朵。“啊呀，我的天哪！”当他听到安东曾在警察局的地下监牢里被关过几个小时，他喊了一声：“这简直不行呀！”安东没有说那牢房里还关着另一个人。说到安东被带到军区司令部，将军更无法理解这种做法：“太不像话！”难道在哈勒姆就没有安置小孩的地方吗？军区司令部！“这真是不可理喻！”军区司令用军用车队把小鬼送到阿姆斯特丹他舅舅家？就在天上到处都是搞偷袭的飞机的这些日子里？难道哈勒姆的人都疯了吗？“实在无法理解！都是不容置辩的错误。”他把两只胳膊举起来了，然后无力地让它们垂落下来，用手掌拍着办公桌。坐在窗台上的军官看见气愤的将军富有表情的面孔时笑起来了。“是的，您可以笑！”将军接着说。哈勒姆的先生们有没有想到让安东带封信来？另外，顺便说说，有没有让他带来证件？

“是的。”安东说。但与此同时他又看见军士长把信塞进了内衣兜里：半小时后，这正是那个可怕伤口的地方。

他又哭了起来，将军生气地站了起来，命令把安东带走，还要安慰他。还要赶紧给哈勒姆打电话。算了，让他们自讨苦吃好了。还是接他舅舅来，让他带走这小鬼。

那个姑娘把一只手放在安东的肩膀上，把他带出了房间。

一小时后他舅舅来了，安东还在一间接待室里抽泣着，嘴角因吃了巧克力而被染成褐色。他膝盖上放着一期《信号》杂志，翻开着的那一页是一幅激动人心的空战插图。他舅舅把杂志扔到地上，在安东面前蹲下，沉默地抱着安东的头。但是他立刻又站起来，说："走吧，安东，咱们离开这儿。"

安东看着舅舅，看到的也是他母亲的眼睛。

"彼得舅舅，您都知道了吗？"

"是的。"

"我还有件大衣……"

"马上离开这儿！"

舅舅把安东领走了，他没有穿大衣，但裹着两件毛衣。他在哭泣，但却想不起为什么，随着眼泪各种回忆也都消失了。一只手冷了，安东把它插进口袋里，碰到了一件他辨认不清的东西。他把它拿出来看了看：原来是那只骰子。

# 第二幕

一九五二年

# 一

剩下来的是尾声。从火山口喷出来的尘云随气流上升，围绕地球转动，几年之后仍然随着雨水降落到各大洲。

五月份解放后，父母亲和彼得仍然没有消息，于是一天清晨舅舅骑自行车到哈勒姆去了，想了解一些情况。他们很可能被拘留了，虽然在那个时候，拘留暗杀事件目击者并不是惯例；即使把他们送进了菲赫特或阿默斯福特的集中营，他们现在也应当自由了。只有德国集中营里的幸存者还没有回来。

那天下午安东和舅妈一起到了市中心。城市看上去好像面孔突然变得红润、睁开眼睛并奇迹般复活的死人一样。掉光了油漆的窗户都插着旗子，在挤满了人的街道里，到处都可以听见音乐声，到处都有蹦蹦跳跳的人。这些街道的石头缝儿里还长着杂草。脸色苍白、身体瘦弱的老百姓面带笑容地围着胖胖的加拿大人转。这些加拿大人没有戴军帽，戴着贝雷帽，他们没有穿灰色、黑色或绿色的制服，而穿着米黄色和浅棕色的制服，这些制服都不是紧身的，却像休息时穿的衣服那样宽松，而且士兵和军官穿的制服几乎看不出什么差别。人们把吉普车和装甲车当作圣物抚摸，会讲英语的人简直被当作天使，此外还可能得到一支香烟。与安东同岁的小伙子怀着胜利的喜悦坐在画着一圈圈白星的汽车上。他却没有参加。不是因为他为父母亲和彼得感到着急——他这时没有想他们——而主要是因为所有这一切不真正属于他，而且永远也不会属于他。他的世界是另一个世界，幸亏现在它已经被消灭了，他再也不愿意想它了，然而，它毕竟曾经是他的世界，但总的来说，剩下来给他的东西很少。

大约在吃饭的时间他们回到家里，他走到了自己的房间。舅舅和舅妈一直没有孩子，他们把他当作亲生儿子对待，比对亲生儿子更加关心，但同时又对他不那么严格。有时他想，如果他重新回到哈勒姆自己家住的话该是怎样的呢？这种想法使他感到混乱，因此他很快地放弃了它。他觉得现在的生活很舒服，但正因此他觉得自己不是舅舅和舅妈的儿子。

舅舅进他房间之前总是要先敲门的，他的神色已预告了结果。他没有把右裤脚上的铁夹子拿下来，那是骑车时用来保护裤子的。他在写字桌前的椅子上坐下来并说道，安东必须对非常令人难过的消息做好准备。他父母亲从来没有被关进监牢，他们是那天晚上同二十九个人质一起被枪毙的。没有人知道彼得的遭遇如何，因此还有一线希望。他去过警察局，但他们只知道人质的情况。然后他去码头，想到邻居们那儿探听一下。阿尔兹的“安宁斋”没有人回过家；科特维赫他们在家，但没有接待他。他终于在博默尔一家听到了一切。博默尔先生看见了所发生的事情，舅舅没有谈细节，安东也没有问。他坐在自己床上，凝视着灰色火炉里的火焰。他觉得好像早就知道这一切了。舅舅告诉他，博默尔夫妇很高兴听到安东还活着。他把铁夹子从裤腿上取下来，然后继续把它拿在手里。它的样子像马掌。不言而喻，他说，安东今后就住在这里了。

彼得也是当天晚上被打死的，只是到了六月份他们才得到这一消息。这好像是来自古代的消息，对安东来说，从一九四五年一月到六月之间的间隔比起从一九四五年六月到今天之间的间隔要更漫长。由于时间被这样扭曲了，他后来也就无力向孩子解释战争是怎么回事。他很少想起它，但有时在一些意想不到的时刻，脑子里会冒出关于它的零散念头。有时是当他从学校里的窗户往外看时，有时他在电车后部的平台上站着的时候。那是黑暗的地方，它充满着寒冷、饥饿、枪杀、血腥、火焰、惨叫、监牢，它藏在他记忆深处，而且几乎完全与外界隔绝。在这些时刻里他好像回想到了一场梦，然而回想到的并不是梦的内容，而是他曾经做过一场噩梦这一事实本身。不过，在那封闭得很严密的黑暗世界中有时闪烁着一个耀眼的光点，那就是抚摸他的脸的姑娘的手指尖。他不知道她同暗杀事件有什么关系，也不知道她后来的遭遇如何。他也不想知道这些。

他既不是一个好学生，也不是坏学生，读完中学后攻读医学去了。那时已经出版了很多关于占领时期的资料，但他从来不去阅读它们，也不看关于那个时期的小说或文章。他同样没去过国家战争文献馆，在那儿他本来有机会了解到人们所掌握的关于伐克·普鲁赫被枪杀的情况，也许可以弄清彼得究竟是如何死的。他本来是一个家庭的成员，但那个家庭却已经彻底地消失了，对他来说，知道这一点已经足够了。他唯一知道的一件事是，没有一次审判谈到了那次行动，否则法官肯定会传他作证的。有伤疤的男人始终没有被找到（但他也许早就被盖世太保消灭了，这也无关紧要，他是相关人员中最不重要的一个），他或多或少是自作主张采取行动的。在纳粹分子遭枪杀后烧房子不是罕见的做法，然而，把居民也枪毙其实只是在波兰和俄国才实行的恐怖行动，在那儿，他们也会杀掉安东，即使他还是躺在摇篮里的小婴儿。

# 二

然而，一些事情并不会轻易被人们遗忘。一九五二年九月底，他读大学二年级时，收到了一封邀请信，请他到哈勒姆一个同学家里参加一次晚宴。自从七年前跟随德国车队离开那个城市后，他再也没回去过。起初他不想去，但后来去的念头整天在他脑子里转。吃了午餐后他突然拿起了一个年轻的哈勒姆作家写的小说——这本书是他最近买了准备看的——然后上了去火车站方向的电车，这时他的心情就像第一次去嫖妓的那种心情。

过了沙堤后，火车在一根巨大的钢管下面驶过去，在马路的另一侧，在从前的挖泥炭地上，从钢管里喷射出一股粗粗的灰色的泥沙。货车已挪走了。他用双手托着下巴，张望着马路上的热闹景象。电车也重新运行了。越过了哈弗维赫后，他看见了哈勒姆的轮廓，它依旧同鲁伊斯达尔[①]的油画没有什么两样，他的家原来座落在一片森林或草田上。天空还是一样的：像阿尔卑斯山那样大的巨块云彩，云彩中央是遮不住的阳光光束。他看到的是一座陌生的城市，哈勒姆同其他城市之间的差别像人与人之间的差别那么大。

---

① 鲁伊斯达尔：荷兰著名的风景画大师，一生创作了约500余幅风景画。

他坐在缴获的德国列车三等车厢中，如果有人从车厢窗外往里张望，所见到的便是一个高个子的二十岁的青年，他头发是黑色的、直的，老是慢慢地从前额往下垂，接着他快速甩甩脑袋，把它甩到后面去。这个动作很可爱，也许是因为他经常重复做，暗示他性格中有某种忍耐的特质。他长着暗色的眉毛，皮肤很洁净，肤色是花生仁色，眼珠子周围的颜色略深一些，身穿一条灰色裤子、一件蓝色厚布衬衫和一件领尖往上卷的外衣，带一条某俱乐部领带。他抽着烟，噘嘴把烟吹到窗户玻璃上，烟雾每次都在玻璃上粘贴片刻。

他乘电车到朋友家去，那朋友也住在城南，但他们家是战后才来这里落户的，所以他们不会向他提出关于过去生活的问题来。当电车拐弯开进豪特时，他用了一分钟看了看从前的德军军区司令部。铁丝网已经被拆除，防坦克沟也已经被填平了，剩下的只是一幢没人住的、破破烂烂的、窗户全钉死了的旅馆，曾经是一间食堂的车库已经变成了废墟。很可能他的朋友甚至不知道过去这里是什么机构所在地。

“你还是来了。”朋友开门时说道。

“对不起。”

“没什么。好找吗？”

“还可以。”

在别墅后院几棵大树下摆好了一张长桌子，上面放着装满了苹果沙拉和其他美味食品的大盘子、各种瓶子和餐具。在另一张桌子上放着送来的礼物，他送的书也被搁在这张桌子上。在草坪上到处站着或坐着客人。在朋友把他介绍给大家之后，安东走向喝得有点醉了的一堆人，他在阿姆斯特丹就已经认识他们了。他们各自端在胸前一杯啤酒，在水池边站成一圈，瘦瘦的小伙子都穿了太大的衬衫。看起来打头的是他朋友的哥哥。他在乌特勒支学牙医，在他的右脚上穿了一只很大的、变了形的黑皮鞋。

“是的，瞧你们，你们当然还是一些吃稀粥的小娃娃，”那当头儿的大声说，“这应当是我们的出发点。你们想的唯一的一件事——当然啰，除了手淫之外——是如何摆脱服兵役。”

“你好会说话，盖里特·杨，因为你那只脚，他们根本不会要你的。”

“我给你讲另一件事，你这家伙，假如还有点男子气的话，你不但应该去服兵役，而且还应当自愿报名去朝鲜。你们完全不知道那儿在发生些什么。在那儿，野蛮人在攻打基督教文化的大门！”他用食指指了指大家，“与他们相比，法西斯分子只不过是小孩子。看看库斯特勒的书吧。”

“你自己去那儿好了，用你那只可笑的鞋打碎他们的脑袋，卡西莫多！”

“好球！”盖里特·杨笑着答道。

“朝鲜同阿姆斯特丹大学有某些相似的地方，”另一个人说，“阿姆斯特丹大学里的混蛋也越来越多。”

“我的先生们，”盖里特·杨一边举杯一边说道，“让我们为国内外红色法西斯主义的灭亡干杯吧！”

“我有一种感觉，我觉得我实际上应当去参加，”一个没有完全抓住谈话调子的小伙子说，“但听说赴朝军队里有很多前德国党卫队军官。我听说，如果他们报名，他们就可以被免掉起诉。”

“可是这有什么呢？你落后了，小伙子，你和你的党卫军。在朝鲜他们可以很好地立功赎罪。”

立功赎罪，安东心里想——很好地立功赎罪。他的目光穿过两个小伙子，望着水池的另一边，望着安静的马路、马路上骑车的人和带着狗散步的人。那儿也是别墅。稍远一点，从这里看不见的地方，是曾经设在幼儿园的中央食堂，他在那儿排过队。再走过去几条街，稍靠左边的地方，农田后面，是过去的一切所发生的地方。他不应该来这里。他永远不应该再来哈勒姆，他应该埋掉它，像埋掉死人那样埋掉它。

“一个软弱的人正在望着远方思索，”盖里特·杨说，而当安东看他时他接着说：“是的，你，斯坦维克。那么，你的结论是什么呢？”

“你是什么意思？”

“我们应当与共产党人硬碰硬，还是在他们面前表现得象只猫呢？”

“够了，够了。”安东说。

就在这同一个时刻，客厅里的电唱机响了：

“谢谢你让我回忆……”

他为这巧合微笑起来，但对方并没有注意到他的微笑，他轻轻地耸了耸肩膀，然后离开了。音乐声和在太阳照射下树的阴影一起形成混合的气氛，以某种方式使他强烈地回忆起往事来了。他又来到了哈勒姆。这是晚夏的炎热一天，也许是这一年里最后的热天，而今天他又来到了哈勒姆。这不好，他永远不应该回到这里来，纵使将来在这里可以得到年薪十万盾①的工作，也不应该来。但是，毕竟现在他来了，那就永远告别此地吧！现在立刻告别此地！

---

① 盾：荷兰盾。荷兰加入欧元区前的货币，并于二〇〇二年正式停止使用。

“你好吗？年轻人！”

他吓了一跳！他眼前是房子的主人，这是个个子很小的男人，灰色的头发梳向两边，穿着很不合身的、裤腿太短的套服，正如荷兰生活比较富裕的阶层中某些人习惯穿的那样。旁边站着他的妻子，她是一位优雅的夫人，驼背、穿一身白色衣服、显得很脆弱，好像每时每刻都会突然轻声地爆炸并化为灰烬。

“是的，范雷讷普先生。”他微笑着说，尽管他不知道对方说了些什么。

“你快活吗？”

“我尽最大努力。”

“那很好。不过，你看起来喝醉了，小伙子。”

“是的，”他说，“我想，我去散散步就好了。请您原谅……”

“我们这儿总是原谅别人的。自由的人是快活的人。安心地去吧，你会心情舒畅的。”

他从坐在白色花园椅子上喝茶的主人亲友间穿过，走进了房子，然后从前门出去，拐进了一条小街，不久后走到了水池边。当走到对面时，他看了一下在草坪上玩的那些人，从水面上飘过来的音乐声在这儿听得清清楚楚。就在这一时刻盖里特·杨看见他了。

“嗨！你这该死的斯坦维克！报名参军的办公室在另一个方向！”

安东做了个手势，表示他欢迎对方开的玩笑，然后走了，再也没有回头看。

他没有径直走，而是沿着拐了个大弯后就变成码头的那条马路走的。他想，他正在做的完全不像话：“犯罪的人回到了犯罪地点。”他突然兴奋地重新认出了铺路石头的鱼刺图案。从前他从来没有注意过这一点，但当他今天看到它时却明白，它始终是这样的。不一会到达了河边，他强迫自己去盯着对岸看。小小的工人住房、小小的农场、风车、草田，一切都没有变。天上的云消失了，夕阳斜照下牛群在安静地吃草。地平线后面是阿姆斯特丹，现在他对哈勒姆的了解还不如对阿姆斯特丹的了解。这有点像我们相对于自己的面孔来说，更了解别人的面孔，其原因是因为我们很少看见自己的面孔。

他穿过马路，走到后来铺在马路旁的人行道上面去了，接着又往前走了一段路，才十分突然地转身看向侧面。

# 三

他看见了那三幢房子。在第一幢和第二幢之间有一块空地，好像掉了牙齿的嘴巴。这块空地上杂草丛生，杂草中间长着细长的小树，在一些十六世纪油画上，比如画着站在山丘上的天使、愤怒的乌鸦看着魔鬼般的矮子，我们可以看到这种景象。房子中间的杂草比它后边空地上的杂草多得多，也许是房子烧毁了后，大量的灰使它变肥沃了。他不由地想起舅舅讲过的故事，在法国北部丘陵地带，在农田中间也有这种地块，农民们是绕过它们耕地的，因为据说这些地块是第一次世界大战期间的万人坑。在杂草的阴影下面，还应该有一些砖头、一段一段的墙壁、房屋基石、地下室，而他的旧双轮推车肯定已经从地下室里被盗走了，地下室堆满了瓦砾。在他没想起这一切的时候，它多年来也是这样的，就像一艘破冰船时时刻刻穿过北极的冰层耕耘那样。

他慢慢地走，有时候把头发往后甩，头是略微歪着的，最后走到了当晚那辆DKW牌汽车停车的地方，然后又看着空空的前方。正当一群麻雀在小树丛里吵闹时，他看到房子重新建起来了：它是由透明的砖头盖起来的，还有他记得很清楚的玻璃和草顶、凸肚窗、楼上卧室的小阳台、尖尖的屋顶和屋顶左侧的他的房间、朝屋外砌的天窗。在阳台下面锯斜了的一块木板上写着：

别有情趣

科特维赫房子的名字已被一层新的油漆盖掉了，但“好地方”和“安宁斋”这几个字还在原地。在那晚普鲁赫躺过的地方，他看了很久很久。他在铺成鱼刺图案的石板上看见了他，好像警察用粉笔画了他的轮廓似的。他突然想触摸那块地，把双手放在那块地上，但又觉得不喜欢这样做。他这时还是慢慢地走到马路对面去，在还没有到达那儿时，似乎看到“好地方”窗户里有动静。仔细地看了一眼后，他认出博默尔夫人来了。她已经看见了他，并向他招手。

他吓了一跳！他从来没有想到她或其他任何人还会住在这儿。这是不可想象的！他关心的仅仅是这个地方，不是这里的人；当他回忆过去时，他的脑子里没有博默尔一家，也没有科特维赫和阿尔兹两家。而且，这些人还是老样子，还是那些人……他想跑掉，但她已经站在门口。

“东尼！”

他还是可以离开，但或许是因为出于礼貌，他现在却微笑地沿着花园的篱笆向她走去了。

“您好，博默尔夫人。”

“东尼，孩子！”她抓住了他的手，用另一只胳膊抱住了他的腰，同时一阵一阵地把他按在自己身上，动作很笨拙，像很久没有拥抱任何人那样。她比以前老多了，也小多了，头发完全白了，烫成小卷儿。她不放下他的手。“进来。”她说，同时把他从门槛外拉进屋子来。她热泪盈眶。

“哦，我其实必须……”

“你看看！谁来了！”她在前厅门口里喊叫。

在一只十九世纪制造的沙发里——当时它的式样不算时髦，后来时髦了一段时间，今天又不时髦了——坐着博默尔先生。他已经变得又老又小，以致他的头顶够不着高高的沙发背上的木雕花纹。他的腿藏在印有棕色方格的花毯子下面，双手放在毯子上，它们在不停地颤动，脑袋也不断地做着点头动作。安东伸手时，对方的手像一只乱飞的受了伤的鸟向他伸过来。他握住了那只手，所感觉到的不是一只手，而是冷冰冰的、没有生命的一只手的模型。

“你好吗，东尼？”他用很粗的声音轻轻地问道。

安东看了看博默尔夫人。她做了个手势，表示不要管他了。

“我很好，博默尔先生，”他说，“谢谢您。您好吗？”

不过，提了问题后博默尔先生已经精疲力尽。他点了头，什么也不说了，只是用自己像水一般蓝的小眼睛看着安东。他嘴巴两角湿润而发亮，脸皮薄如包面包的纸，剩下来的一点头发还是安东以前记得的那种干草颜色，可能它以前有点偏红色。一台深棕色电木外壳的、样子像切成两半鸡蛋的收音机播放着儿童节目。博默尔夫人已经开始收拾饭桌，看来他们已经吃过饭。

“让我帮助您吧。”

“不用了，你舒舒服服坐下来，我给你倒一杯咖啡。”

他用骑马的姿势坐在壁炉旁边的具有异国风情的板凳上，他从小就认识它，这是一个骆驼鞍子。博默尔一直盯着他。安东微笑了一下，环顾四周，什么都没有变化。饭桌旁还是那四把直背椅子，它们被漆成黑色，也布满了木雕花纹，有棱有角，样子有点像哥特式家具，有点可怕。过去，每当他来这里取好吃的东西时，他心里总有些害怕。门框上面还是挂着那钉着扭曲的黄色尸体的十字架。房间里有一股酸的气味，所有的窗户是关闭的，房间之间有彩色玻璃拼接图案的门也是关着的。“啦啦哩哩，”收音机里变了调的女人声音说道，“我看见你，但我不摘你。”博默尔先生突然打了个嗝儿，并且惊奇地向周围张望。

“你为什么没有早点来，东尼？”博默尔夫人从厨房里喊道。

他站起来了，走到她那儿去了。在走廊里他看见他们的床放在后屋，也许是因为博默尔先生已经不能爬楼梯。博默尔夫人端起装有小汽笛的水壶，一股细细的水流倒到咖啡上。

“这是我第一次重新来哈勒姆。”

“最近一个时期他的身体很不好，”博默尔夫人小声地说，“你装没有注意到就行了。”

当然啰，还有什么别的办法呢，安东想，难道要哈哈大笑，并且大声叫“不要胡说八道”？然而，他立刻又觉得不能排除这样的可能性，或许那样的做法可能更好一些。

“当然。”他说。

“你知道你实际上完全没变吗？你现在比你父亲还高，但我立刻把你认出来了。你还住在阿姆斯特丹吗？”

“是的，博默尔夫人。”

“这我知道，因为解放后不久你舅舅来过这里。我的丈夫当时看见你坐德国汽车离开，我们完全不知道你是否还活着。在那个糟糕的时代里，任何人都不知道任何情况。我们常常谈到你呀！这你不知道。……来。”

他们走进客厅。博默尔先生看见安东时，又把手伸出来了，安东不吭声地握了他的手。博默尔夫人把一块波斯毛巾铺在桌子上，然后往杯子里倒咖啡。那毯子的图案安东也没忘记。

“要白糖和牛奶吗？”

“只要牛奶，谢谢您。”

她从一个小小的、有把儿的铁锅里往广口矮杯子里倒了一点热牛奶。

“至于你永远不想再看到这里的一切……”她说道，同时把杯子端给他，“这我其实也明白。过去的一切太难受了。不过，曾有一个人有几次也在马路对面站着看这儿的。”

“那是谁？”

“不知道。一个男人。”她把点心盒递给他，“要点心吗？”

“谢谢。”

“你那儿坐得舒服吗？靠桌子坐吧。”

“这不是我的固定位置吗？”他笑着说，“您忘了吗？过去当您丈夫给我念《三个火枪手》时？”

博默尔夫人把收音机关掉，然后在安东斜对面的桌子旁坐下来。她跟着他笑，但她的笑容很快地消失了，同时她的脸很快地涨红了。安东把视线转移了。他用拇指和食指揪了咖啡表面上的一层薄皮，正好在薄皮中心，把它慢慢地提起来，使那块薄皮像一把伞那样折叠起来了，他把它放在碟子边上，喝了一口淡咖啡。现在对方在等待他说话，比如提一个关于过去的问题，他必须提出话题，但他根本不想谈过去的经历。他们可能认为他现在仍然在经常为往事而难过，每天夜里梦见过去，但事实上他几乎从来不想过去。对这两位老人来说，至少对他们当中的一个来说，他是作为旁观者坐在这间屋子里的。他看着博默尔夫人。她眼睛里又流出了眼泪。

“科特维赫先生还住在这儿吗？”他问道。

“解放后几个礼拜他就搬了家。没有人知道搬哪儿去了。他也没有向我们告别。卡琳也没有告别。十分奇怪。对吗，佩尔特？”

她这样问似乎是想再次试试博默尔先生会不会做出反应，而他的点头动作则好像表明他同意她的说法。安东觉得这十分奇怪，他的点头动作只有在他死后才会停止呵。没有给他咖啡，毫无疑问是因为咖啡被送进他嘴里之前，他的杯子早就会被他抖空了。如果没有客人，博默尔夫人当然会喂他吃喝。

“我们做了九年邻居，”博默尔夫人说，“整个战争我们是一起经历的，他们却只字没说就走了。我永远不能完全理解他们。他们走后，门槛上放着一大堆鱼缸，后来让市政清洁队运走了。”

“那些是养蜥蜴的玻璃缸。”安东说。

“就是玻璃做的东西。啊，他是一个很不幸的人。他妻子刚死时，他来过我们家几次。你还记得科特维赫夫人吗？”

“模模糊糊。记不太清了。”

“那是一九四二年，或一九四三年。那时你多大？”

“十岁。”

“现在那儿住着一对年轻夫妻和两个可爱的小孩。”

那些养蜥蜴的玻璃缸。安东记得科特维赫是一个倔强的、个子很高的男人，每次见到安东时，总要打个招呼，但此外从来不再多说什么。科特维赫回家后，总是马上脱下外衣，然后把衬衫的袖子卷得高高的，但卷的方式很怪，是朝里头卷的，使袖子鼓起来了，长满了毛的两只胳膊就从鼓起来的两个衣袖里伸出来。之后他一般到楼上去，在那儿做一些神秘的事情，安东对此十分好奇。卡琳常常在躺椅里晒太阳，这时她把深黄色的头发在头顶上别成一团，把自己裙子拉到比膝盖高得多的地方，他有时甚至能看到她的裤衩。

她长着一双淡蓝色的、略微突出来的眼睛，她的小腿既优美又结实，使他想起《航空世界》杂志里飞机机翼的剖面图。当夜里在床上想起她时，他的阴茎常常会勃起，但因为不懂这时应当怎么办，他也就睡觉了。每当他穿过篱笆的一个洞爬进她家的花园时，她总是愿意停下晒太阳，同他玩跳棋。她眼睛有点斜视，却显得很可爱。有一天，在他保证坚守秘密后，她带他来到了楼上，后屋里，在几张小桌子上摆着十个或十五个养蜥蜴的玻璃缸。在一种奇特的宁静气氛中，这些动物前足靠着缸里的树皮，好像代表着遥远的历史在凝望着他，这历史像它们自己一样毫无动静。有的把身子扭成“之”字形，看起来好像在张大嘴笑，但它们的眼睛却表达出另一种意思，显得很严肃、毫无感情、不可动摇，使人几乎受不了……

安东把杯子放在壁炉上的座钟旁边。从博默尔夫人谈论科特维赫的方式，他得出的结论，她并不知道那天晚上人们用普鲁赫的尸体究竟干了些什么。他意识到了，除了科特维赫一家人外，也许只有他一个人知道那天晚上发生的情况。他也从来没有把它告诉他的舅舅和舅妈，可能是因为，一件荒唐的事，如果知道它的人越少，它也就越不荒唐。

“而他们的隔壁……”他说。

“阿尔兹夫妇。他们还住在那里，但他们从来没有给我们打过招呼。这你也知道吧？你也从来不去他们家。他们只顾自己。最近还是这样的。赫鲁讷菲尔特先生想除掉隔壁那块空地上的杂草……”

“赫鲁讷菲尔特？”

“现在住在科特维赫房子里的那家人。你看见了过去是你们房子的那块地上现在都长满了一些什么吗？”

“看见了。”安东说。

“那些杂草籽儿被风刮到他们和我们的院子里，杂草长出来了后，就无法除掉。他要求市政府采取措施。他写了一封信，我们也签了字，但阿尔兹先生不肯签。你觉得他怎么样？签字并不费劲！”她气愤地看着他。

安东点了头。

“的确不可想象，那块地上真是杂草丛生。”

他说这句话的语气可能使博默尔夫人感觉到了她的话不太合适。她忽然没有把握地说：

“我的意思是……”

“我完全明白，博默尔夫人。世界在继续运转下去。”

“你真是一个聪明的小伙子，东尼。”她说。她很高兴他给她卸下了包袱。她站起来了。“还要一杯咖啡吗？”

“不，谢谢您。”

她给自己倒了咖啡。

“你让我想起可怜的彼得，”她说，“你完全不像他，不过他也是聪明的孩子。总是很热情，总是助人为乐……”她把用银夹子夹起来的一块方糖重新放回糖盒里。“你知道吗？我觉得他最悲惨。他是一个好孩子。当然，你父母亲也很悲惨，可是彼得……他比你现在还年轻。我听到消息后觉得太可怕了。我看见了他还想帮助那个人，我指的是普鲁赫。当时毕竟不能肯定他已经死了。当然，他是个坏蛋，这我也知道，但毕竟还是一个人。彼得这个好心肠的小伙子……他牺牲了自己的生命。”

安东把头低了下来并点了点。他用双手抚摸着骆驼鞍子棕色的皮革。假如那晚答应了彼得的要求，这骆驼鞍子也会被烧坏了。假如做了彼得可能希望做的，这里的一切早就化为灰烬了。博默尔先生的靠背椅、博默尔夫人的厨房、十字架，饭桌旁可怕的椅子，这里会是长满了有害的杂草的地方，而他的双亲还会住在隔壁的“别有情趣”里。博默尔夫妇也许因年岁太大了会免遭枪毙，可是彼得此后应该如何生活呢？他也许服兵役了。一九四七年，在警察行动[①]期间，他也许参加了军队里的“十二月七日师”，在荷属东印度[②]亲手放火烧村庄，或者在那儿牺牲了。这一切都是无法想象的。彼得只活到了十七岁，比他现在还小三岁，这也是无法想象的。他，安东，永远是弟弟，尽管他活到了八十岁。一切是无法想象的。

博默尔夫人突然划了个十字。

她温柔地说：“上帝首先叫到自己身边来的总是最好的那些人。”

“那么，伐克·普鲁赫就更好了。”安东想。

“是的。”他说。

“上帝制定的道路是谁也弄不清楚的。为什么要偏偏在你们家前面打死他呢？那件事同样可以在这里发生，或在科特维赫先生那儿。我们常常谈过此事，我的丈夫和我。他总说，上帝保护了我们，但这应该如何理解呢？这不是意味着上帝没有保护你们？而他为什么不保护你们呢？”

“这时您的丈夫会说，那是因为我们是异教徒。”安东感到自己说话过火了。

博默尔夫人默默地用夹糖块的夹子夹着桌布。她第三次流了眼泪。

“彼得那个宝贝……你可爱的父母亲……我仿佛还看见他从我们

① 警察行动：指荷兰政府企图镇压印尼独立革命的殖民主义军事行动。

② 荷属东印度：现在的印度尼西亚。

家前面走过去，他就是你父亲，他穿着黑大衣、戴着瓜皮帽，带着收起来的雨伞。他总是低着头看着地走路。他和你母亲一起出去时，总是走在她前面，离她一步，像来自荷属东印度的人那样。他们从来没有欺负过任何人呀！”

“黄瓜很像鳄鱼。”博默尔先生突然说。

他的妻子和安东看着他，但他好像什么也不知道似的看着他们。

博默尔夫人又凝视着自己的双手。

“他们的遭遇……你舅舅应该给你讲过了。你母亲冲向那家伙时……他们像动物一样被简单地杀死了。”

安东觉得有一股强烈的电流从脖子流到尾骨。

“博默尔夫人，”他结结巴巴地说，“您是不是能够……”

“当然，小伙子。我明白你。这一切也确实太可怕了。”

他必须立即离开这地方。他看了看自己的手表，但没有看见是几点钟。

“哎呀，我该走了。请原谅我。我只是来……”

“当然，小伙子。”她站起来了，用两只手把自己的前裙抚平，“这真是你第一次回到哈勒姆吗，东尼？”

“真的。”

“那你等会儿应当去看一下纪念碑。”

“纪念碑？”他惊奇地问。

“在那儿。”博默尔夫人说。她指了屋子的一个角落，那儿摆着一张小圆桌，桌子上面是一个插着白色大羽毛的花瓶，那些羽毛很像是鸵鸟的羽毛，或许就是鸵鸟的羽毛。“在事情发生的地方。”

“这我还完全不知道呢。”

“这怎么可能呢，”博默尔夫人说，“大约三年前市长主持了揭幕仪式。应邀出席的嘉宾很多。我们很希望能见到你，那时我丈夫的身体还相当好。不过，我也没见到你舅舅。要不要我跟你去一趟？”

“如果您不在乎，我更愿意……”

“当然，”她说，然后用双手握了他的手，“你想一个人去。再见东尼。很开心又见到你，我坚信我丈夫也是这样想的，虽然他已不能表达。”

他们手握手地看着博默尔先生，他精疲力尽地闭了眼睛。在博默尔夫人说了他的手同他父亲的手一样大之后，他们互相告别了。安东许诺很快还会来看他们，但他知道，他永远不想再见到这两个人，也永远不会再来哈勒姆。

从前门走出，突然觉得自己左前方很亮，这个地方之前一向是黑暗的，因为他家的房子在那儿。穿过荒地他在“想不到”的花园里看见了新居民：一个瘦高的黄头发男人和一个小个子印尼女人，两人都大约三十五岁上下，男的同一个小男孩踢球，女的抱着一个婴儿看着他们。

天空被阳光染成紫色，太阳刚刚下山，这是一种既不属于白昼又不属于黑夜的光，照在码头和草田上，它来自另一个世界，一切都静止不动，光线把周遭都略微衬托出来了。在码头的另一头，马路和运河分开的地方，他在人行道上看见了一个像人那么高的篱笆墙，是从前没有的。马路上没有车辆行驶，所以他朝纪念碑方向斜穿马路走过去了。

数米宽的篱笆墙是由杜鹃花灌木丛组成的，在魔术般的光照下，灌木丛的叶子闪闪发亮。篱笆后面是由砖头砌成的一堵矮墙；正方形的中央台阶上树立了一座灰色的妇女塑像，她凝视着远方，头发蓬松下垂，两只胳膊朝前伸直，整个塑像悲沉、凝重、对称，很像埃及的雕塑艺术。塑像下面是立碑的日期和碑文：

他们为女王和祖国献出了生命

在纪念碑两侧的铜牌上，刻着几行死者的姓名。其中有：

| | |
|---|---|
| 赫·亚·索赫德拉赫尔 | 生于一九一九年六月三日 |
| 维·勒·斯坦维克 | 生于一八九六年九月十七日 |
| 德·斯坦维克·范里姆普特 | 生于一九〇四年五月十日 |
| 亚·塔克斯 | 生于一九二三年十一月二十一日 |
| 科·哈·斯·菲尔曼 | 生于一九二一年二月八日 |
| 阿·范德佐恩 | 生于一九二〇年五月五日 |

那些名字映入了安东的眼帘。他们就在那儿：在一块铜牌上被雕刻又被埋没，他们就是戴着手铐从卡车上跳出来的那些人，他母亲是唯一的妇女，他父亲是唯一出生于十九世纪的人。这是父母留下来的一切，除了舅舅和舅妈保存的几张旧照片外，只有这里的名字和他们自己。连他们的坟墓都没有被人找到。

也许省里的战争纪念碑委员就他们的姓名到底应不应该被刻在这块铜牌上进行过讨论。某些官员也许注意到了他们不属于人质，不是真正被枪毙，而是像动物那样被杀死，接着中央政府委员会的官员们前来询问：如果确实如此，他们是否具有立碑的资格就成了问题；省里的委员会作为让步，同意不刻彼得的姓名，如果客观评价，他属于武装抵抗运动的殉葬者，可以为这种人树立其它纪念碑。人质、抵抗战士、犹太人、吉普赛人、同性恋者，所有这些人不应当被混为一谈，否则会乱套了。

纤道还在，还有刚解冻的冰水。当他看见博默尔夫人仍在凸肚窗里在看他时，他没有沿着原路走回去。

## 四

他也没有再回去参加范雷讷普的家宴，而是坐上了第一趟回阿姆斯特丹的火车。回到家里时，舅舅和舅妈刚吃完饭，还坐在饭桌旁。电灯亮着。舅舅有点不高兴地问他，为什么没有打电话通知一下要回来得晚一些。

“我到哈勒姆去了。”安东说。

舅舅和舅妈互相瞟了一眼。他们早给他摆好了餐具，因此他在自己座位上坐下来了。他用手指捡了一片沙拉里的生菜叶子，然后仰了头，把那片叶子慢慢地送入自己嘴里。

“要不要给你煎只鸡蛋？”舅妈问道。

他摇了摇脑袋，把生菜叶子吞下去，向舅舅问道：

“您为什么从来没有告诉我码头上有个纪念碑？就在我们家房子那儿。”

范里姆普特把咖啡杯子放下，揩干了嘴唇，继续盯视着他。

“我告诉过你，安东。”

“什么时候呢？”

“三年前。纪念碑是一九四九年揭幕的。我们收到了一份请帖，我问了你要不要去，但你不愿去。”

“我还很清楚记得你当时说的话。”范里姆普特夫人在他盘子上放了一点沙拉，然后把盘子端到他面前，“你说你对那些石头毫无兴趣。”

“你忘记了？”范里姆普特问道。

安东摇了摇头，什么也没说。他看着白色的桌布，慢慢地用自己的叉子在桌布上拉出四条线来，他第一次感觉到某种恐惧，好像有一种力量在把它吮吸过去，好像自己掉进了一个黑洞里，而任何物体掉进这黑洞永远不会落到洞底——就像一个人把一块石头扔进水井，永远也听不到什么声音。

在他还思考这类事情的那些日子里，有时会想一个问题，假如他钻了一个可以穿越地球的洞，然后穿着耐火服跳进这个洞的话，究竟会发生什么呢？经过一段时间后，他会在另一端两只腿朝前地从洞里升出来，但不会完全升到地面上，他会停止片刻，然后又头朝下在深渊里消失。几年后——也可以计算出来时间——他会在地球中心停止来回运动，毫无重量地在那儿飘浮，以便永远地思索事物的发展。

# 第三幕

一九五六年

# 一

他继续读书。他既不是一个好学生，也不是一个坏学生。一九五三年通过了预科毕业考试后，离开了阿波罗街的房子，住进了在市中心租的一个房间里，这意味着他的生活进入了一个新阶段。他这间暗黑的小屋子下面是一家卖鱼店，整个楼房坐落在横贯王子运河街和皇帝运河街的一个小胡同里，胡同对面邻居的房子离他这间屋子只有五六米远。这时，离一九四五年一月的哈勒姆更加遥远了。这如同一个男人离婚时的情况那样：为了忘掉自己妻子，他交了一个女朋友，但这个女朋友在很大的程度上同他妻子没什么两样，于是他与第二个女朋友的关系才可能会好一些，虽然第三个女朋友成功的希望最大。人们也必须不断地为事物之间的界限本身确定其界限，但这是一项无法完成的任务，因为世界上的一切事物互相都有联系。一件事开端了便永远不会消失，即使那件事已结束了也如此。

每隔几个月他总有一天要患头痛的毛病，这时他就不得不躺在暗黑屋子里的床上休息。但他很少因头痛而呕吐。他经常看书，不过不是关于战争的书，他还曾在一个大学生刊物上发表过几首歌颂大自然的诗，笔名是“安东·彼得”。他会弹钢琴，特别是舒曼的作品，还喜欢去听音乐会。他不太乐意去看话剧，因为有一次他在剧院里因为说不清楚的原因感到难受。那次演出的是契诃夫的《樱桃园》，导演是夏罗夫，演出很出色。当演到有一个男人低着头坐在一张桌子旁边，一个女人从屋外的平台上对他喊话这一段情节时，他突然感到非常恐惧，同时又觉得控制不住自己的情绪，这种感觉如此强烈，以致他必须立即出去，走到街上去。在熙熙攘攘的人群中，在川流不息的电车和汽车中间，这种情绪很快消失了，甚至消失得非常彻底，几分钟后他觉得纳闷儿，自问究竟有没有发生过什么事。

每个礼拜他都要骑自己的摩托车去一次阿波罗街，每次都要带去一包要洗的脏衣服，在那儿吃一顿饭。随着时间的流逝，他开始注意到了那里安分守己的气氛，那儿任何东西都不会被损坏、掉油漆、被临时拼凑或质量低劣。菜总是搁在大盘子里，酒总是盛在玻璃瓶子里，谁都不随便脱外衣或松开领带。当舅舅或舅妈偶尔来看他时，他从他们的脸上看出他们注意到了他房间里正好与此相反。这时舅舅会说，他也当过大学生。

一九五六年他通过了专业基础课阶段毕业考试，开始为参加医学院毕业考试做准备，为此需要在几家医院里进行实习。他已经决定毕业后专门从事麻醉工作。他当然知道，如果当了心脏病专家或内科医生，开私人门诊，他可以多挣两三倍的钱；然而，他将永远没有时间照顾自己，并且很快会患上胃溃疡或心脏病，而作为麻醉科医生，只要他走出了医院大门，就自由自在了。外科医生当然也是这样的，但外科医生都是“屠夫”。不过，他不仅仅是因为这些消极的原因才选择搞麻醉的。当“屠夫们”把刀插入一个人的身体时，就必须维持微妙的平衡；必须像走在刀刃上那样掌握生与死之间的平衡。要但麻醉是对那个昏迷的、可怜的、完全不能自理的人进行照顾，这些想法迷住了他。他有时觉得麻醉并没有使病人完全丧失感觉，那些化学药品只是使病人不能表达自己的痛苦，另外，它们还可以帮助病人事后忘掉自己忍受过的痛苦，而实际上正是这些痛苦使他们发生了变化。一旦病人醒来了，人们还是能看出他受过折磨。然而，当他在正谈论帆船的同事们面前说出这种想法时，他们的目光使他明白了，如果他想继续留在俱乐部里，最好不要把这类想法说出来给别人听。

另外还有政治。它始终在发展着，但他几乎不关心它，尤其国内政治。他读了报纸上的大标题，但立刻忘记了它们。有一次，一个英国同事请他介绍荷兰的国家制度，结果他能讲的同法国人或德国人一样少。就读报而言，每日他把最多的时间花在填词游戏上。这是他不会放弃的活动，而且他也善于猜谜语。在阅览室里每当他在报纸上碰到一套没被完全解决的填字谜语时，自尊心总是促使他去超过前一个男读者或女读者，这个人往往是因为某处犯了错误才停滞不前的。填词游戏完成后，他满意地看着填满了字的方块。每个字母多半有两种功能，它们在横向或竖向都是一个词的组成部分，这些词能以奇妙的方式互相联系在一起，正是这一点使他感到十分愉快。这同作诗有点相似之处。

但正是在一九五六年他必须参加大选。在每周一次阿波罗街的晚餐期间，他舅舅问他投哪个党的票。他说会投自由党的票，至于为什么，他只能回答说他的朋友们也都这么做。范里姆普特认为这是可以想到的最坏的理由。接着他讲了几分钟的话，力图改变安东的想法。“今天的自由主义，”他说，“一方面在原则上对人类能否团结互助持悲观主义态度，另一方面主张个人应尽可能自由。然而，一个人要么悲观，主张建立强加于人们的秩序；要么乐观，主张自由主义。既悲观又乐观是不可能的。你不能把社会主义的悲观主义同无政府主义的乐观主义相结合起来。自由主义却硬要这么做。”“因此，事情很简单，”他说，“你只需要了解你是一个乐观主义者还是一个悲观主义者而已。安东是什么样的人呢？”安东抬头瞟了他一眼，接着又低了头，说了一声：“悲观主义者。”

因此他投了社会民主党人的票。他舅舅是该党的重要的成员，市长和部长一般是从他们中间选出来的。只是以后安东才发现，几乎没有一个人这样理性地投票，人们总是简单地出自自身利益，或者因为觉得某一个党是自己的家，或者因为信任主要候选人而投票的。也就是说，人们是根据具体的、表面的印象投票的。人们的动机主要是物理学和生物学方面的。因此，当后来出现了一个鼓吹左右之间的差别已经过时了的党时，他还是又投了更右的党的票。不过，他对国内政治没太大的兴趣，这大概同一起飞机事故的幸存者对纸制的飞机不感兴趣一样。

## 二

在那一年快结束时他才开始关注共产主义问题，并由此关注外交政策。对喜欢读报的人来说，一九五六年下半年是非常眼花缭乱的，报纸上的新闻非常多：波兰危机、王室内部的丑闻、英国和法国对埃及的进攻、匈牙利事件、苏联的干涉、卡斯特罗领导古巴。在加勒比海出现这个英雄事迹的前几个礼拜，在荷兰还可以听到开进布达佩斯的俄国坦克的声响，在离安东家不远的路口闹得最厉害了。在一幢十八世纪的大楼里设了荷兰共产党的总部，这幢大楼正是“菲里克斯·梅里蒂斯”大楼。全城到处都是一群又一群愤怒的人，他们捣毁了一切同共产党人有关系的东西，从共产党的书店到共产党员住房的玻璃。报纸帮助了那些人，它公布了许多共产党员的地址。报纸拐弯抹角地借用客观报道的方式发表消息说，某党的领袖住在某一个地方，他的房子昨天只遭受轻度的破坏。第二天就会有人来把它砸得更彻底。干完了之后，数以千计的人聚集在皇帝运河街上“菲里克斯·梅里蒂斯”前面，包围了这幢大楼两天两夜。

它已被改造成一个堡垒。楼下所有的窗户都钉上了木板，楼上玻璃都碎了，屋顶上站着戴着头盔的男人，还有一些女人，围攻人群对她们的咒骂声则多出了一倍。想进入或走出大楼的人最好去找警察保护。带着橡皮棍和手枪的警察试图把人群集中在运河对岸，但他们自己也面临挨石头砸的危险，因为不断有石头在空中飞来飞去。屋顶上的男人也扔石头，这些石头是穿过窗户被扔进大楼里的；偶尔他们把消防水龙头对准靠得太近的一些人。在运河里一艘灰色的警艇一直在等待着，把掉进水里的人救上来。

安东对这一切并不感到好奇，更不用说去参加。当人们谈论这些事情时他也不介入。他无法放弃这样一种判断，即这一切的确非常严重，但仍然只是儿童的游戏。此外，他的感觉是，很多人实际上对在布达佩斯所发生的事件非常高兴，因为它成功地证明了他们关于共产主义的观点是正确的。引起他最大忧虑的是持续不停地喧闹声。人们穿过他住的狭窄的胡同走到王子运河街“菲里克斯·梅里蒂斯”大楼后面，他们也从那儿进攻，鱼商说他们甚至也用汽油弹进攻。他无可奈何地到电影院去了，看了《第七枚印章》，回家后他把音乐开得很响，听的是马勒的《第二交响曲》，但夜里外面还是不安静。他已经打算第二天晚上到阿波罗街去住，但他又觉得第二天晚会上不会有人继续闹事，所以当天晚上还是回到了自己的家。

天已经开始变黑了，许多窗户里面燃着蜡烛。无数的房子外面挂了半旗。为了防止他的坤式摩托车在争斗中被捣毁，他把车停放在离家几条街的地方，然后步行到自己的小胡同去了。

这一天其实更热闹，更紧张，在拥挤的人群中，他费了好大劲才走到了自己家门口，而正当他站在自己家门槛上时，冲突爆发了，突然从皇帝运河街开出大批警车来，它们的警报器哇哇叫，车灯开到了最大的亮度，一会儿油门加大了，一会儿刹车了，然后又加大了油门，冲向人群。突然又出现了好多的马匹，马上骑着挥刀的警察；还有带侧斗的摩托车一会儿弹跳到人行道上，一会儿又弹跳下来，戴头盔的警察把半个身子伸出侧斗，用长长的黑木棍打人。站在楼群之间的人们陷入了一片混乱。然而，安东奇怪地发现自己反而安定了。刚才他还觉得自己有些兴奋，但现在，当到处都有人挨打和喊叫，遭到践踏或头破血流地试图逃到安全处时，他突然被一种奇特的麻木感所支配。鱼店门外的门厅只有两个平方米，现在那儿站着十几个人，他们把他挤压到自己家门上。他已经把钥匙拿在手里，但他明白了，即使他能够转身的话，也不应该开门，因为霎时间楼梯和他的房间会挤满了人，而这些“客人”走了后，他的家当也会没了。在他前面站着一个块头很大的男人，拼命地把自己的背压在他身上，但这只是表面上的事情，那大个儿自己当然也受别人挤压，他右手拿着一大块灰色的石块，他被挤得不得不把它举过自己的肩膀。为了保护自己鼻子，避免窒息，安东只好把脑袋转向一侧，但从余光里他看见了那个人肮脏的指甲和手指上的茧。

突然所有的人从门厅里跑走了。站在他前面的那个人转了一下身子，可能是为了看一眼是谁站在自己背后，他走到马路上，停住脚步，然后转过身来。

“你好，东尼。”他说。

安东盯着那粗宽的脸，突然认出了那人是谁。

“你好，伐克。”

## 三

他们互相盯着看了几秒钟，伐克手里拿着石头，安东手里拿着钥匙。马路上仍然很吵闹，但暴力的中心已转移到王子运河街。

“到楼上来吧。”安东说。

伐克犹豫了。他东张西望，好像无法立即回答似的，他明白，他跑不掉了。

“那么待一会儿好了。”

当安东听到背后楼梯木板上沉重的脚步声时，他很难相信这个人的确是伐克·普鲁赫。过去安东从未再想起他，其实他也一直在继续生活着，他也一直还活在世界上。他们没有互相握手。他应当跟他谈什么呢？他究竟为什么请了他上来呢？在房间里他开了灯，并且拉上了窗帘。

“你要喝点什么吗？”

安东吓了一跳，因为伐克把大石头放在他过生日时得到的钢琴上，虽然伐克并没有使劲，但声音还是被安东听见了，说明钢琴的漆肯定给弄坏了。

“我喝啤酒，如果你有的话。”

安东从前一天打开的瓶子里给自己倒了一杯荷兰葡萄酒。伐克很不舒服地坐在一把看起来像一只巨大蝴蝶的椅子上，他不断地变换更舒适的姿势。安东自己坐到弹簧已经塌下去的黑色皮沙发上。

“祝你快乐。”他说，除此而外，他不知道还应当说些什么。

伐克只是把杯子举了一下，然后喝了半杯。他用手背揩干了嘴巴，接着看了看书柜和放着六分仪的木板。

“你是大学生吧？”

安东点了点头。伐克也点了点头。他欠了一下身子，试图通过把身体斜过来以便坐得舒服一些。

“行不行？”

“这椅子真糟糕。”伐克说。

“它是非常现代化的。来，坐这儿吧。”

他们换了位置。伐克一直看着他，好像他现在可以把他看得更清楚似的。

“你知道你完全没有变吗？”

“别人也这样说过。”

“我一瞧见你就知道是你。”

“我想了一下，”安东说，“我见到你父亲的次数不多。”

伐克从外衣里子口袋拿出一包烟丝，开始卷起香烟。当安东把一包美国烟丝递过去时，伐克摇了摇头。也许安东不应该说，但确实如此，伐克跟他父亲活脱脱一个样，只不过他要年轻和瘦一些，多少也笨一些。此外安东觉得，现在他没有义务过多地对这个人表示尊重。他希望此刻电话能响起来，这样就能向对方说——不管是谁——他会立即去医院处理危急病人。房间里又冷又潮。

“我把火炉点一下。”他说。

他站起来了，把油门打开了。伐克把自己手里的一支香烟倒了一个个儿，把两头多余的烟丝揪了出来，这些烟丝重新被放进了他用无名指和小指夹着的烟丝包里。

“你学什么？”他问道。

“我学医。”

“我在一家家用电器公司工作，”伐克在安东还没来得及问时说道，“搞修理之类的活儿。”

安东继续站在火炉旁等待有足够的油流进炉子。

“在哈勒姆吗？”

“哈勒姆……”伐克的眼光好像在问他是不是脑子不太好使了，“你以为我们还能住在哈勒姆吗？”

“我怎么会知道呢？”

“你没有想到，战后我们必须赶快离开那儿吗？”

“是的，应该是那样的，”安东说，他把火炉子的盖儿掀开，然后把一根燃烧着的火柴扔进炉子里，“你现在住在哪儿？”

“在登海尔德。”

火柴灭了，他点了第二根，把它扔进炉子里，然后转过身来。

“你是为了扔石头才专门来阿姆斯特丹的吗？”

“是的，”伐克说，同时抬头瞧了他一眼，“奇怪吗？”

安东把炉盖儿放在火炉上，然后坐下来了。如果他此时直截了当地建议结束这次会面，伐克可能会立即同意，但这种想法却使安东形成了一个固执的念头——伐克不要自以为能很轻易地摆脱他。

“你母亲还活着吗？”他问道。

伐克点了头。

“是的。”他只是在几秒钟后才补充着说这话。

他好像认罪似的说了这话，好像安东问的是：“你的母亲竟然还活着吗？”安东并没有这种意思，但是看到了伐克的反应后，安东又觉得自己可能还是有这种意思。

“你怎么会在家用电器公司里工作呢？”他问道，“你不是读了中学吗？”

“只读了半年。”

“那是怎么回事儿？”

“你真想知道吗？”伐克问，同时用一根火柴头把一小撮烟丝重新推进自己的烟卷里去。

“否则为什么要问你呢？”

“战后我母亲被抓起来了，关进了监牢。我只好进了属于教区工艺学校的天主教宿舍。我根本不是天主教徒，可非得让我住进那儿。”

“你母亲犯了什么罪？”

“这你问特别法庭的先生们好了。我想他们怀疑她曾经跟我父亲结过婚。”

从他的语气，安东听出了这句话已被他重复说过几次。因为这样那样的原因，这句话听起来好像也不是他自己想出来的。

“后来呢？”

“九个月后她被释放了，但这时已有别人住进了我们的房子。后来有人建议我们到登海尔德去住，那儿谁也不认识我们。我在那儿上了职业学校。”

“为什么没有重新读中学？”

“你什么都不明白，你……”伐克好像闻到了一股臭味似的撅起了嘴，“你到底想什么呢？我母亲为了养活我和我的妹妹们，不得不去当佣人挣钱。你是知道的，就是扎着头巾、提着手提包的那种女人，每天早上六点半你可以在马路上看见她们走路。那包里装着她的刷子、墩布和洗涤剂，因为一切都要她自备。晚上吃饭时间左右回家时，她走得比早上慢一倍。现在她躺在医院里——如果你想了解全部情况——她的右腿渗出水来了。那条腿完全变黄了，还有深褐色的斑块。左腿是两个礼拜前切掉的。就这样！你满意吗，大夫？”他把自己杯子喝光了，然后“啪嚓”一声把杯子放在桌子上，接着往后靠了靠，“就是不一样呀！我们是同班同学，你父母亲被打死了，但你还是可以学医。而我父亲被暗杀了，我就修热水器。”

“可你母亲活着呀，”安东立刻说，“你的妹妹们也活着。”他心里掂了掂自己这句话的分量，他们现在进入了危险的领域。“此外，”他小心地说，“你父亲的死和我父母的死之间难道不存在一定的差别吗？”

“什么差别？”伐克挑衅地问道。

“我父母亲是无罪的。”

“我父亲也是。”

他是毫不犹豫地说了这句话的，而且死死地盯视着安东。安东惊奇地沉默了。伐克可能这样想，并且坚信这一点。

“好，”他挥手说，“好。我也只知道听说的情况，可是……”

“的确。”

“……可是如果你认为我们之间的差别是一种不公平的社会现象，我更不明白那块石头。”他用自己脑袋指了指摆在钢琴上的石块，把它放在那儿很可恶，好像是要污辱人似的。“如果你那样认为，你恰恰应当成为一个共产党人。”

伐克回答之前举起了自己的杯子，把最后几滴啤酒倒进喉咙里。

“共产主义，”他心平气和地说，“是最严重的。”他说话带着狂热的语调。“这现在可以在布达佩斯看到，在那儿整个国家的人民对自由的追求遭到了血腥镇压。”

“伐克，”安东激怒地说，“我不是共产党人，但我并不因此认为你应当背报纸上的标题。”

“是呀，医生先生当然比我更善于表达自己的思想。原谅我没有那么聪明。人们在那儿进行拼死的斗争。这样说好一些吗？你以为政治委员们现在在那儿干什么呢？那里正在进行大屠杀，你是不是认为没有此事？你看了《誓言报》吗？关于蒙古士兵残酷的暴行？”

“蒙古士兵？”安东重复说，“你这是什么意思，伐克？把蒙古人送进毒气室的时刻到来了吗？”

“不，混蛋，”伐克说，他的表情告诉了安东要小心，“我不知道你想的是什么，但我可以告诉你这一点，那就是我父亲不管怎么样在共产党人的问题上是正确的。你今天听到的一切，他过去都说过了。杀他的同样也是那些的共产党人坏蛋，这不是偶然的。你今天看见的在屋檐排水管上走着的，臭脑袋上戴着头盔的那些人，是同样的滥货。不，你怎么要袒护这些人呢。你想想！他们知道杀他后德国人会报复的，但是他们还是在你家门前打死他。他们丝毫没有考虑你们，否则就会把尸体藏起来。战争也没有因为杀了他而提前一秒钟结束。”

他站起来，拿着自己的杯子走到摆着煤气灶的小桌子旁，安东把破啤酒瓶子放在那儿了。此刻安东看到炉子仍然没有点着，他也站起来了，从一张报纸撕下一个纸条，把它点燃了，然后让它落到炉子里黑色发亮的一层油上。他又给自己倒了一杯葡萄酒，因为伐克继续站着，他自己也继续站着。外面又可以听到叫喊声和汽笛声。

“我的一家，”他说，同时把没有拿杯子的手放在脖子上，“不是被共产党人消灭的，而是你父亲的朋友们杀死的。”

“那些共产党人知道这会发生的。”

“所以他们有责任……”

“当然。否则谁该负责任呢？”

“伐克，”安东说，“我明白你想为你父亲辩护。他毕竟是你父亲。可是，如果你父亲是我父亲，假如一切是颠倒过来的，你也会为他辩护吗？我们直截了当地说好了。你父亲是共产党人非常有计划地杀死的，因为他们认为必须这样做。但我的一家是法西斯分子盲目地杀害的，而你父亲也是法西斯分子。不是这样的吗？”

伐克向一侧转身了九十度，继续背着安东站着，他不动声色，身子稍微朝前躬。

“你是说，你的一家被杀害了应由我父亲负责？”

安东懂得，现在对方在意每一个措词。壁炉上挂着一面装有细长框架的镜子。他花了十盾在旧货市场上买了这面镜子，目的是让自己房间显得大一些。在镜子受了潮的玻璃上他看见伐克闭上了眼睛。

“为什么，”安东问道，“不能既爱你的父亲，而同时又不为他的错误辩解呢？爱一个神是很容易的。这如同爱动物一样。你为什么不能简单地说，我父亲错了，但他是我父亲，我爱他。”

“但他他妈的没有错！至少没有犯你所指的那种错误！”

“但是，如果你肯定知道，”安东对着他的背说，“他干了很可恶的事情……我不知道……你自己设想好了……你就不爱他吗？”

伐克转过身来，瞅了他一眼，然后开始在房间里来回走着。

“错……错……”他过了一会儿说，“是的，现在他们这么说，但同时他们关于共产主义的想法同他的完全一样。你听听外面的声音，”他说，“同东方的战线到底有什么区别？他完全不知道犹太人所碰到的那种遭遇。他从来不知道。你不能怪他，那是德国人干的。他在警察局里工作，只不过是履行自己的义务，就像指示他做的那样。战前他也把一些人从他们自己家里抓走，那时他也不知道这些人的遭遇如何。他当然是一个法西斯主义者，但他是个好的法西斯主义者，他是因为坚信法西斯主义是好的才加入它的组织的。他认为，荷兰应当变，永远不能重现过去古来恩统治下那种向工人开枪的情况。他不是一个像几乎所有荷兰人那样的可恶的随大流的人。如果希特勒打赢了战争，你想，有多少荷兰人今天还会反对他呢？别开玩笑，小伙子。只是当他开始失败时，他们那些胆小鬼才突然都参加了抵抗运动。”

因为油太多了，火炉子开始发出有节奏的沉闷的爆裂声。伐克用内行的眼光朝火炉子看了一眼后说：“那儿马上要出事。”但他没有因此改变自己的话题。他到窗台上坐去了，双手捧着自己杯子问道：

“你知道我父亲什么时候加入国家社会主义运动吗？那是一九四四年九月，在疯狂的星期二之后，当时法西斯主义事业已经败北，那些假法西斯主义者都跑了，跑到德国去了，有的人还突然表现得好像自己也一向参加抵抗运动。他认为，这时必须采取行动，我母亲经常这么告诉我们。他们是因为他有这种信念才打死他的，不是为了别的原因，这也使你的一家人丧失了生命。如果他们没那么干，你父母亲今天还活着。我父亲可能会坐几年牢，但现在早就重新在警察局里工作。”

他站起来走到钢琴边，按下了中间的几个键，使钢琴声同火炉子里油的爆裂声混合在一起，这声音让伐克想起斯特拉文斯基来。

伐克的每个词使安东的头痛更加剧。一个人怎么能如此相信谎言呢？其原因在于爱——野蛮的爱。

“听你这么说，”安东说，“看来你觉得你父亲的名字也理应当刻在那纪念碑上。”

“哪个纪念碑？”

“在我们家的码头上。”

“现在那儿有个纪念碑？”

“我也是后来才知道的。纪念碑上刻着我父母亲和二十九个烈士的名字。那上面也应当刻上伐克·普鲁赫吗？”

伐克望着他，想说话，但突然哭起来了。伐克哭的声音使人觉得是另一个人，这另一个人仅仅利用了他的嗓子发出哭声来。

“他妈的……”他说。但他骂人到底是因为安东说的这些话还是因为自己哭了这一事实，这并不清楚。“当你家的房子烧起来时，我们得知父亲死了。你有没有想过这一点？我想到过你的遭遇，可你想到过我吗？”

他将身子转了半圈，接着又转回去了，绝望地擦了擦自己眼睛，然后突然把石头捡起来了。他看了下四周，又看着安东，安东则一边用胳膊护着自己的脸，一边大声喊：

“伐克！”

伐克举起了手，石头穿过房间直接扔到了镜子上。安东蜷缩着身子。他把脸稍微扭过去，看见玻璃被砸成大块碎片，这些碎片掉到火炉铁盖上，一下子变成小碎块，这时铁炉子以更缓慢的速度发出爆裂声来。石头“砰”的一声落到壁炉上，就不再滚动了。安东的心扑通扑通地跳着，他看着被砸坏的东西，这时传来了伐克急速下楼梯的脚步声。

最后的一块玻璃碎片缓慢地从镜框里滑脱下来，叮叮当当地摔碎了。紧接着火炉子发出一声沉闷的爆裂声，铁盖子朝上飞了五厘米，炉子冒出了一股浓烟。安东把双手搁在脖子后面，手指交叉在一起，深深地吸了口气。镜子被砸碎了，火炉子不断发出爆裂声，马路上的叫喊声——他觉得自己马上要狂笑。但他的脑袋太痛了，他笑不起来。这一切多么没有意义！烟在屋子里扩散，他知道他得干好几个钟头才能把屋子打扫干净。

他听到伐克又从楼梯上来了，此刻他才意识到刚才没有听到关门声。他下意识地寻找着可以用来自卫的东西。他抓了自己的网球拍。伐克出现在门口，他扫视了一下房间里被他捣毁的东西。

“我还想告诉你，”他说，“我永远不会忘记以前班上那件事。”

“班上什么事？”

“就是我穿着那件讨厌的制服时，你进了教室。”

“上帝呀，是的，”安东说，“确实还发生过这件事。”

伐克犹豫了一下。他也许想同安东握手，但他仅仅举了一下手，然后又下楼了。过了一会儿安东听见门被锁上了。

安东环视四周。所有的东西被蒙上了一层油。书和六分仪最脏，三角钢琴的盖子还好没有打开。他现在首先必须收拾房间，不管头痛不痛。他把窗帘拉到一边，把窗子开得大大的。他听见了从外面传进来的吵闹声，看着碎玻璃。它们的背面是不发亮的黑色。在镜框里只插着几块尖尖的碎片，除此之外只能看见暗褐色的木板，过去贴在木板上的报纸已大部分被撕脱下来了，两只端着水果盘子的镀金小孩子雕像，翘着枫树叶编的尾巴，依然用天使般的表情看着他。首先必须把石块扔掉。他完全可以把石块从窗户里扔出去，不会有人发现的。为了避免在散落地毯的碎玻璃上滑倒，他小心翼翼地走到壁炉前。他手捧着石块读着贴在镜框木板上的报纸残片，上面印着一行意大利文：作于一八五四年七月二日。在八月份圣母玛丽亚慈善节时受到隆重的赞扬。

如果镜子没有被砸碎的话，他永远不会知道这些。

# 第四幕

一九六六年

# 一

在爱情方面，他的态度也是既来之，则安之。来他住处玩的姑娘每几个月就换一次人，她们多半膝盖高耸着地坐在他那弹簧已经塌下去的沙发上，听他解释六分仪的作用。他不知道解释了多少次，但从不觉得无聊。那些用发亮的铜制成的仪器装有小镜子、表盘和望远镜，其形状反映着夜间地球和星星的位置，他着了迷似的喜欢它们。那些姑娘常常听不懂他的话，却总是觉得，他喜欢解说六分仪，也意味着有一点喜欢她们。有时好几个礼拜没人坐在他沙发上，但这对他的情绪影响不大，到酒吧里找一个女人并不符合他的性格。

一九五九年他参加了医师资格考试，此后，在得到了麻醉科助理医师工作后，他在离莱登广场不远的地方租了一个光线充足、面积更大的套间。每天清晨他步行几百米到威廉明娜医院去，这家医院在战争期间曾暂时改名为城西医院。医院楼群面积很大，马路上救护车、客人和病人总是热热闹闹的。有些穿着睡裤、披着大衣的病人是刚刚下床重新迈出步伐的，医生们穿着没有扣上的白大衣从一幢楼走到另一幢楼。安东走路时脑袋习惯略微歪着，他偶尔把头发往后甩，步子有点拖沓，骑着自行车的护士们有时含情脉脉地看着他，不久后她们就会在他的沙发上坐下来。有时他必须经过以前曾挂过“拉扎雷特”牌子的棚子，但他越来越少地想到以前被抬进这棚子的，当时正在垂死挣扎或已经死去的舒尔兹。

第一个妻子是他在一九六〇年圣诞节假日期间在伦敦结识的。白天他在城里闲逛，在摄政王街买买衣服，逛了卖旧导航仪器的商店，这种商店他知道在大英博物馆后面有几家；晚上他一般去听音乐会。那时还可以见到很多绅士，头戴圆顶礼帽、手里拿着收起来了的雨伞，当他在小酒馆里吃午餐时，衣架上也挂满了那些能使人心动的东西。一天下午，他冒雨在怀特霍尔那些象征着权力的巨大建筑物之间闲逛，在那儿看见了骑兵们像发情的家禽一样跳着他无法理解的舞蹈，这时他决定走进他从来没有去过的威斯敏斯特教堂。

教堂里挤满了外国旅游者和从农村来伦敦度假的人。他买了一本导游册，这本小册子的封皮红得发紫，这种颜色只有在英国才可以看得到，且到处可见。导游册里写道，只是在大教堂中间大厅里，从入口处到合唱团的位置之间就有六个世纪以来一百七十个民族精英的坟墓，所以他只好把小册子合上。地板、墙壁和大柱子到处都雕刻着各种图案和文字，在祈祷室里摆着各种塑像和墓碑，摆得像让人们参观并准备拍卖的二流家具。在合唱团位置边上的狭窄过道里，死人一个挨一个躺在地上，就像有时在手术室里躺在担架上的病人那样，但教堂里的这些“死人”是躺在坟墓上的大理石雕像，他们永远处于被麻醉的状态。他在想象，在上帝对人类进行最后审判的那一天，这里的情景该是怎么样的呢？到那一天，所有这些人都会从自己的坟墓里站起来并互相结识，他们是数以百计的英雄、贵族和艺术家，这里是联合王国最高贵的俱乐部。

王室成员的座位在祭坛后面的祈祷室里。一些永远没机会躺在这里的人们，挤在国王们和王后们中间，慢慢地往前走，他们在加冕宝座那儿堵住了通道。安东像着了魔似的被那宝座吸引住了，自十四世纪初几乎所有的国王都是在这宝座上加冕的。这是很旧的栎木宝座，装饰朴素，椅背刻满了人名，这些人名是在漫长的岁月中被逐渐刻上去的，对历史怀有真挚感情的后人在整修宝座时并没有把它们涂掉。在木质的坐垫下边是一块大石头，它就是斯考恩石。安东又翻开了自己的导游册。这块石头曾经是圣经里所讲的雅各布的枕头，在公元前八世纪它经过埃及和西班牙被送到了爱尔兰，一千四百年后被送到了苏格兰，最后被送到了英格兰，所以，此时此刻人们才可以在这个地方看见它。正如只有在莎士比亚的戏剧里才存在着关于躺在安东周围的这些国王们的真理一样，安东也觉得有关那块石头的传说讲得恰如其分和让人信服。只有认为自己有资格当国王的爱尔兰人的确有国王血统时，这块石头才会在这些人坐在它上面加冕时发声呐喊——否则不会。安东哈哈大笑起来了，并大声说："就是这样的。"这时一个站在他旁边的年轻女人问道："什么是这样的？"

他看着她——在这一刻一切就已经决定了。

起决定作用的是她的眼睛、她的目光和她的头发：浓密的、粗硬的、红色的头发。她叫莎斯基娅·德赫拉夫，是荷兰皇家航空公司的空中小姐。在他们参观了"诗人之家"之后，他把她送回家。她必须在圣詹姆斯的一个俱乐部接她的父亲，他每年圣诞节都要来伦敦看望战争年代的老朋友。当他们抵达俱乐部大楼并约好了在阿姆斯特丹再次见面时，一位将军从台阶上走下来，然后上了一辆等候着他的、由一个军人开的汽车。

一周之后，在海牙，他们首次在印度尼西亚宾馆的大厅里相见，这时德赫拉夫谨慎地询问了他家庭的情况。安东说他父亲曾经是哈勒姆法院的文书，但他的双亲早就去世了。直到半年后，他才把自己家的全部遭遇告诉了德赫拉夫，那是一个炎热的下午，是在雅典，他未来的岳父在这儿当大使。他听了安东的讲述后没有吭声，只是从暗黑的屋子里凝视阳光耀眼和空气芬芳的花园，那儿到处都可以听见蝈蝈吱吱叫的声音，还有一个小喷水池哗哗地喷着水。一个穿着白色西服的服务员叮叮当当地送来了小冰块；莎斯基娅和她母亲坐在那儿。在松树和柏树之间可以看到远处的雅典古城堡。几分钟后，他只说了一句："在世界上，好事也总有坏的一面，总存在着另一个世界。"

战争期间他本人在一个领导所有抵抗组织的机构里工作，由于所担任的职务，他同流亡伦敦的荷兰政府保持着直接的联系。他也很少谈论那个时代的事情，安东所知道的情况，都是从莎斯基娅那儿听来的，而她对这一切也只是一知半解。不过，他也不需要知道全部情况。他也许可以在议会调查委员会的采访记录里查阅有关的情况，但他没有这样做。

距离第一次见面满一年他们结婚了。他舅舅没能出席他们的婚礼：一起愚蠢的交通事故结束了他的生命。结婚后不久安东找到了固定的工作，在德赫拉夫的资助下他们在音乐堂后面的居民区里买了半幢房子。

## 二

一九六六年六月初，正是高温季节，莎斯基娅必须参加她父亲一位朋友的葬礼，此人是一个知名的记者，她从战争年代就认识他。她要求安东一同去；他请了一天假后，决定带着已是四岁的女儿桑德拉。

“一定要这样做吗，东尼？”莎斯基娅问道，“死人的事完全不关孩子的事。”

“我很少听到比这更可笑的警告。”他说。

他的口气听起来很尖刻，他本来没有打算把话说得这么重。他道了歉，然后吻了她。他们决定参加葬礼后去海滩玩。

他的岳父正好是二十世纪的第一年生的，刚刚退休，现住在格尔德兰一幢别墅里，他打算开汽车来。莎斯基娅给他打了电话，问他能不能接他们，这样大家可以先喝咖啡。但他像真正的农村人那样反应：他不去阿姆斯特丹，他们到底怎么想的，难道要让他遭到一帮挑衅者的袭击？说这番话时他笑了，他最终没有来接他们，尽管他曾应对过比这更严峻的挑战。

葬礼是在阿姆斯特丹北边一个小村庄里进行的。他们把汽车停在村边，然后穿着黑色丧服满头大汗地步行到小教堂。桑德拉穿的是白色衣服，她不怕太阳晒。村子里的广场上热闹非凡，来这里的主要是年纪比较大的男人和女人，他们都互相认识。大家互相打着招呼，并没有表现得很悲伤或痛苦，很多人笑容满面地热情拥抱。摄影记者来得不少。一位部长从一辆黑色的凯迪拉克牌轿车下车，最近一个时期报纸的新闻不断地提到他，这同阿姆斯特丹发生的骚乱有关。人们也用亲吻和拍肩膀迎接了他。

“这些都是同德国人战斗过的人。”安东对自己的女儿说。

“在战争中。”她说，她的面部表情说明她完全懂得这一切。她用一个果断的动作把自己洋娃娃的脑袋摆正。

安东内心一直感到很兴奋。他观察着每一个人。他谁也不认识，莎斯基娅也向只其中几个人打了招呼，但她也已经记不起来他们是谁。在没有任何装饰的基督教教堂里，管风琴奏出了乐声，他们在最后一排坐下来。当棺材被抬进来时，大家都站起来了，安东用手抱着桑德拉的肩膀，桑德拉小声地问那位先生是不是放在棺材里。寡妇搀着德赫拉夫的胳膊走进来了，她当然很悲痛，但她昂着头看着人们，有时还点头和微笑。

“外公！”桑德拉突然大声喊叫。

他把头转过来片刻，向她眨了眨眼。他们到前面坐去了，在部长那儿。安东现在也看见了阿姆斯特丹市长。一位出名的牧师致了悼词。这位牧师曾在一所集中营里被关了好几年。他经常把声音拉长，使桑德拉笑起来并抬头看自己父亲。他拉长的声音都很优美，好像他是通过克服说话方面的缺点而锻炼出自己的演讲天才似的，就像把嘴巴塞满了沙粒练习讲话的古希腊人德谟斯泰纳斯那样。安东心不在焉地听着他说话，这时他突然看见了一位妇女的背影，她坐在中间通道的另一边，在他前面几排。他突然想起一把刀尖朝下插入草地的剑，她给他的感觉如此强烈！她大约四十五岁，她的头发有一点向两边翘起来，在一些地方已开始发白了。

他们最后走向教堂后面的墓地。人们先走在马路上，然后走在一条铺了沙子的小路上，时间很短，此时大家忙于交谈、招手，有的人则快速在身旁走着。这一切不像是一次葬礼，而更像是一次团聚。

“他们又一次回家了。”莎斯基娅说。

“可不要让他们知道这些人今天都在这儿。”

“‘他们’是谁呢？”

“当然是德国人。”

“请你别说了，好吗？”

摄影师们又在寻找熟悉的面孔，而对面的村民看着他们。看来他们多数人第一次意识到多年来在他们中间生活的是什么人。骑着轻便摩托车的小伙子们熄了火，面带讥讽的表情看着队伍。那些男人和妇女中间有一些人被打成了残废，看起来他们身上的某种东西叫那些小伙子保持安静。

“爸爸？”

“什么？”

“到底什么是战争？”

“一场很大的吵架。两批人想互相砍头。”

“轻一点也可以。”莎斯基娅说道。

“你是这样想的吗？”安东笑着问道。

人们在坟墓周围一个紧挨着一个站成一圈，斯坦维克一家什么也看不见。桑德拉开始觉得无聊，莎斯基娅拉着她的手散起步来了。他听见她在他背后念碑文并解释给桑德拉听。他偶尔地仰头，让灼热的太阳照在自己脸上；他的衣服粘在他身上，他对此不在乎。最后一排人轻轻地互相谈话，只是当死者遗孀亲自开始发言时他们才停止说话，但对他来说，她的话在夏日的空间中消失了。在天上飞过去的鸟一定看见了广阔的田野里的人们，他们聚集在墓地里那小小的黑洞周围，而那小黑洞则好像是一只看着天空的大眼睛。

在牧师的家里，他们终于有机会向死者遗孀表示哀悼，他们排在最后面。随后他们穿过几辆正在发动的汽车走到了马路对面的咖啡馆。外面的几张桌子早就被一些村民占了，里面也很热闹。人们在酒柜前面拥挤着，一些桌子被挪到一块儿了，领带被解开了，外衣被脱掉了，大家大声叫喊要啤酒，要咖啡，还要夹肉或煎鸡蛋的面包。自动电唱机放着歌曲《夜里的陌生人》。那位部长也已经进来了。他同市长交谈，然后在一个香烟盒背面写了些什么。还有几位知名的作家，甚至还有一个臭名远扬的挑衅者领袖。正当莎斯基娅建议到别的地方去时，她父亲走进来了。他同大约七个人一道走到了最后面的一张大桌子，那张桌子可能是他们订好了的，有几个人安东很面熟。德赫拉夫的妻子看来同死者遗孀及其家属一起到死者的家去了。他看见了自己女儿和安东，在走过他们身边时便向他们招了招手。

在那桌子上他大出风头。很快有三对人在同时进行交谈，德赫拉夫是处于劣势的，但这并没有影响他愉快的情绪，这正是知道自己最终会胜利的人的特点。一位梳着大背头的男人把身体往前凑，这个人的头发是黄色的，而眉毛的颜色更浅了。说德赫拉夫现在实在老糊涂了，他怎么会这样想呢？怎么能把越南解放阵线同纳粹相提并论呢？这完全是因为，对他来说美国人始终没有变。然而，美国人已经变了，现在应当把美国人同纳粹相提并论。德赫拉夫笑起来并把身子往后靠，他把两个胳膊伸直，双手扶在桌边，使坐在他左边和右边的人也得往后靠。他的头发又稀又白，脸孔显得很高贵，他坐在那儿很像是董事会的董事长。

“我亲爱的老实的亚普。”他带着优越感说。但亚普立刻打断了他的话：

“是的，你现在可不要说：我肯定忘记了是美国人解放了我们。”

“我根本不想这样说。”

“这个我没有把握。我反正什么也没忘记，你忘掉了一些东西。”

“那是什么呢？”德赫拉夫带着讽刺的语气问道。

“那就是俄国人也同样解放了我们，虽然我们没有在这儿的马路上看见他们，他们也打败了德国军队。目前在越南正是俄国人站在正确的一方。”

坐在德赫拉夫左胳膊后面的男人冷冰冰地说：

“应该让别人去谈论这些问题。”

“本来是这样的呀！”亚普说，“俄国人已经非斯大林化了，但美国人变成了屠杀别国人民的刽子手。”

坐在德赫拉夫左边的男人留着黑胡子的脸上露出了微笑，说明他可能同意亚普的说法，但又认为亚普的斗争是没有希望的。

“都是肮脏的共产党员，”德赫拉夫满意地朝着安东的方向说，“都是很好的小伙子。”

安东也对他微笑。显而易见，这种谈话也是一种游戏，他们经常玩这种游戏。

“是的，是的，”亚普说，“很好的小伙子。但从一九四四年起，你盖里特完全不同德寇斗争，而是同那些‘好小伙子’斗。”

安东很肯定地知道他岳父不叫盖里特，而叫戈德弗里特·里奥博尔特·耶罗默；这帮人看来还用地下斗争时期的化名互相称呼。所以亚普当然也不叫亚普。

“是的，你要什么呢？德寇不是被打败了？”他问心无愧地看着亚普，“我们难道要用一个暴君更换另一个暴君吗？”他的微笑慢慢地从他脸上消逝。

“混蛋。”亚普说。

“你最好还是好好地感谢我们。假如一九四五年满足了你的愿望，你就不是像今天这样被开除出党了，而是被枪毙了。你那种地位的人肯定要被枪毙的。正如斯兰斯基那样，我当时正好在布拉格。你还活着，这归功于盟军的领导。”亚普不吭声，德赫拉夫继续说：“担任历史垃圾堆上的一个足球俱乐部的主席总比死掉要好一些吧！你怎么看？”

坐在德赫拉夫另一侧的大胖子是一位名诗人，因为双目外角往上斜，他有点像魔鬼。他把两只胳膊叉在胸前，然后笑起来了。

“依我看，”他说，“你们谈下去会很有意思的。”

“是啊，”亚普耸耸肩膀说道，“跟我辩论他很容易胜利。”

“你知道休尔特写的那首诗吗？”德赫拉夫问道，接着他高高地举起了食指朗诵道：

向暴君低头的民族，
不仅失去生命和财富，
而且连光明也熄灭了。

“诗的用处真多，”留胡子的男人说，“今天也可以用诗来辩解向村庄投燃烧弹。不过，好了，那只是在亚洲发生的事情。说实话，在印度尼西亚事件中你也扮演了奇怪的角色。你说了什么‘印尼丢了，灾难来了’等等。我认为那首诗不好。”

“那是毫无意义的一句话。”诗人说。

“你听见了。就是那些警察行动使休尔特虚度了年华。其实，自从失去印尼以来，荷兰人的生活才最美好。”

“那归功于马歇尔计划，亲爱的亨克，”德赫拉夫殷勤地说，“美国人给的援助，你还知道吗？”

“他们欠我们的债，我们不用为马歇尔计划感谢他们。美国革命的费用是用阿姆斯特丹银行家的钱支付的。那是英国一个殖民地里的起义，亲爱的盖里特。马歇尔计划提供的援助我们要全部偿还的，而十八世纪那些钱我怀疑他们是否还我们，哪怕是一分钱。”

“那就要检查一下。”德赫拉夫说。

“另外我也不是共产党员。我是个反法西斯主义者。但因为共产主义是法西斯主义的最大敌人，我也反对那些反共分子。的确如此。”

“你知道他为什么参加抵抗运动吗？”亚普突然问道，并且猛烈地朝前移动了位置，“你知道他为谁干了那一切吗？为了小公主们……”他说出“小公主们”这词时声音好像是要呕吐似的。

“完全是这样的。”德赫拉夫说，接着他又自满地笑起来了。

“你是庸俗的奥伦治法西斯主义者[①]，别的什么都不是。”

“我要出去，”莎斯基娅站起来说，“我不爱听这些。再见。”

德赫拉夫笑着嚷道：“真是个光荣的称号呀！”安东也站起来了。在熙熙攘攘的人群中，他又瞥到了在教堂里看见的那个女人。此

① 奥伦治法西斯主义者：为荷兰奥伦治王朝效劳的法西斯主义者。

时他岳父哈哈大笑起来了。他终于达到了他自我感觉最良好的那种境地。

“你们知道王朝的神秘魅力在什么地方吗？”他粗野地喊道，“什么东西能比夜晚的迪伦堡宫[①]更美而且对人们的心灵更起升华作用呢？那是灯火辉煌的王宫，黑色小轿车在那儿驶来驶去，草坪上到处可以听见响亮的训令声。到处是穿着节日盛装并佩戴着大刀的绅士们，穿着长裙并戴着闪闪发亮首饰的女士们，还有在台阶上欢迎他们的那些英俊年轻的海军军官们。里面则有富丽堂皇的吊灯，佣人们用大银盘端来盛有香槟酒曲的水晶杯子，偶尔还可以见到王室的成员。假如上帝允许的话，或许还可以看见女王本尊！只是在很远的地方，在铁栅栏外面，在警察监视下，在毛毛雨下面，才有肮脏的老百姓……”

“他妈的，你真的这样想！”刚才还说他们会谈得很有意思的那位诗人突然说，“耶稣呀！如果我跟你一样是个混蛋的话，我一个字也写不出来了！”他嘴里溅出了一点唾沫，落到了德赫拉夫深蓝色外衣领子上，很靠近插在他纽扣眼里的高级勋章。

“据有名的专家们说，那将有利于祖国的文学事业。”德赫拉夫说。

“不要让他逗你生气了，朋友。”亨克对愤怒的诗人说。

德赫拉夫拿出了自己的手帕，擦掉了口沫。他的灰色领带和领带结几乎是支棱着的，然后拐了个很漂亮的弯才插进了他的背心。亚普也忍不住笑起来。坐在诗人对面的男人——一个很出名的出版家——有力地摩拳擦掌，并高兴地说道；

---

① 迪伦堡宫：荷兰王宫。

“今天下午斗争很激烈！”

“肮脏的老百姓。”亨克说，“前不久在阿姆斯特丹向你的王室扔了不少烟幕弹呀。”

“只能放烟幕的炸弹……”德赫拉夫极其轻蔑地说。

“那还会使你掉脑袋呢。”亨克继续对一位站在安东后面的人说。

安东向后转过身子，现在才发现了他脖子上一直感觉到的热气是来自那位信加尔文教[①]的部长的肥大后背。看来他一直在听他们辩论。

“那很可能。”他说。

“你怎么办？”

“我再喝一杯酒呗。”

他举起了自己盛有白酒的杯子，与德赫拉夫互相瞟了一眼，然后转身走开了。

桌子周围突然安静了片刻。只有坐在安东左侧的两个男人轻轻地互相交谈着，他们已经交谈很久了。

这时安东听见了这句话：

“我先朝他的背开了一枪，然后当我骑着自行车驶过他身边时，我又朝他的肩膀和肚子各开了一枪。”

---

① 加尔文教：基督教新教主要宗派之一，在荷兰影响很大。

## 三

如果把历史比作一个隧洞，那么此时在这个隧洞里，在遥远的地方，响着六次枪声：先是一声，然后两声，然后又是两声，最后还有一声。他母亲看着他父亲，他父亲跪到两个房间之间的门外，彼得把壁炉上的煤油灯拿下来……

安东把头转向一直坐在他旁边的那个男人，不知不觉地问了他：

“后来是不是还有第四和第五枪？然后又有第六枪？”

对方眯着眼睛看着他。

“关于那件事你知道什么？”

“讲的是不是普鲁赫？哈勒姆的普鲁赫？”

几秒钟过去了，然后对方才慢慢地问：

“你是谁？你多大？”

“我过去住在那儿。那件事是在我们家前面发生的，也就是说……”

“为了你们……”他说不出话来了。

他立即明白了。只有在手术台边，安东才看到过一个人的脸像坐在自己身旁的男人那样迅速地变白。那人的脸有点肿，脸上有酗酒的人才有的红斑。这张脸好像灯光突然变亮了似的在几秒钟之内变得像古老的象牙那么苍白。安东开始微微地颤抖起来。

“啊！”与安东隔着一把椅子坐的男人说，“出问题了。”

桌子周围所有的人好像都立刻感觉到出了问题。大家突然安静了片刻，然后大家突然乱起来了，有人互相乱说话，有人站起来了。德赫拉夫则大声说安东是他的女婿，提出自己愿意调解，但那男人说他愿意自己解决问题。接着他好像要扛到底似的对安东说：

“到外面去，跟我来。”

他把搭在椅背上的外衣捡起来，握着安东的手，然后把他像个小孩似的穿过人群领走。安东也觉得自己好像是一个小孩，是那位男人的热情的手使他有这种感觉，把他带走的男人比他大近二十岁。即使舅舅拉他的手都从来没使他有这种体会，只有父亲曾经使他有过这种感觉。在咖啡馆里，离他们比较远的人不知道所发生的事，他们笑着让安东和那个人出去。自动电唱机放着甲壳虫乐队的歌曲：

这是艰难的一天后的夜晚……

外面突然变得很安静，太阳照射下的广场很平静。广场上站着一些人，但莎斯基娅和桑德拉不在那儿。

“来。”那位男人在环视四周后说。

他们穿过马路，走到了公墓周围的铸铁栅栏。在未填满土的坟墓周围摆着很多花圈，现在那儿站着很多村民，他们在看挽联和卡片上写了些什么。邻近农庄的鸡在小路和其他坟墓间走来走去。在一棵栎树阴影下的石板凳前那人停步了，然后伸出了自己的手。

“科尔·塔克斯。”他说，“你叫斯坦维克。”

“安东·斯坦维克。”

“对他们来说我叫盖斯。”他一边用脑袋指了咖啡馆，一边说，然后坐下来。

安东在他旁边坐下来。他完全不想这样做。刚才那句话他是在失去自我控制情况下说的，是一种反射，像一条神经被一把小锤子敲打后的反应。塔克斯拿出一包香烟，从盒子里抽出一支烟，使它从盒子里露出半截儿，然后请他抽烟。安东摇了摇头，把身子转向那个男人，说：

“听着！我们站起来，我们走吧！永远不要再谈那件事。现在什么也解决不了，真的。发生的事已经过去了。我没有什么困难，相信我吧！事情是二十多年前发生的呀！我有老婆孩子了，也有很好的工作，一切很好。我只是不应该说话。”

塔克斯点燃了一支香烟，深深地吸了一口烟，然后看了他一眼。

“但你还是说了。”他沉默了一会儿，接着又说，“你现在又说了。”说第二句话时他才把烟呼出来。

安东点了头。

“是的。”他说。

塔克斯的眼睛是深褐色的，他用悲痛的目光看着安东，后者无法摆脱前者的这种目光。他左眼不同于右眼，因左眼皮厚些，他的眼睛流露出那种能看透安东的目光，让安东无法应对。塔克斯应该是五十出头了，但他那梳得高高的深黄色头发只是在耳朵前面的方形鬓角才有点发白。他的上衣在腋窝下面被汗水浸透了。这个男人在闹饥荒的那个冬天夜里打死了普鲁赫，安东觉得这好像是个童话故事。

“我说了一句不该让你听见的话，”塔克斯说，“你却还是听见了。后来你说了你不愿说的话。这些是事实，所以我们坐在这里。我知道你活着。那时你多大？”

“十二岁。”

“你认识他，那个恶棍？”

“我只是见过他。”安东说。他有一种奇怪的感觉，觉得把恶棍这一词儿同普鲁赫联系在一起，听起来很顺耳。

“这完全可能，他经常走过你们家门口。”

“而且我跟他儿子是同班。”说这句话时，他没有想到那时的小男孩，而想起了十年前用石头砸了他镜子的那个块头很大的家伙。

“他不也是叫伐克吗？”

“是的。”

“他还有两个女儿。最小的当时才四岁。”

“同我的女儿现在的岁数一样。”

“所以你可以明白了，不能因为他有女儿而对他手软。”

安东觉得自己好像在发抖。他觉得离自己很近的这个人非常强势，他从来没有认识过这样的人，也无法用语言描写这种特质。或许脸上颧骨下面有个伤疤的男人会有这种特质。他现在应该把这想法说出来吗？他没有说。他不想造成攻击对方的印象，此外这对塔克斯来说也不是什么新鲜的东西。显而易见，坐在他身旁的这个人很久以前已经抛弃了这类顾虑。

“我要不要跟你讲一讲普鲁赫是什么样的人？”

“我觉得没有必要。”

“我觉得应该讲。他用铁丝编了一条鞭子，用这条鞭子他可以把你脸上和屁股上的皮肤抽下来，然后他还要把你往后推，让你的屁股贴到烧红了的铁炉子上。他把橡皮管子塞进你的肛门，然后给你灌水，直到从你的肛门喷出大便来。他亲手杀了无数的人，还把更多的人赶到德国和波兰，让他们死在那儿。好了。所以应该把他干掉。你同意吗？”安东没说话，因而塔克斯又问道：“你只能说对，是吗？”

“是的。”安东说。

“好。但另一方面我们当然知道德国人肯定会进行报复。”

“塔克斯先生，”安东插进去说，“假如我没弄错……”

“你可以叫我盖斯。”

“……您想为自己进行辩解。可我没有攻击您。”

“我并不想向你做解释。”

“那么向谁呢？”

“这我自己也不知道，”他不耐烦地说，“不管怎么样不是向自己，或上帝，或类似的东西。上帝并不存在，我自己也许也不存在。”他用曾拉过手枪扳手的食指把烟蒂弹到草里，然后扫视了一遍公墓，“你知道谁存在吗？死人。死的朋友们。”

此时一朵小云从太阳前面飘过去，使坟墓上的色彩突然变得暗淡一些，同时灰色的墓石显得更坚硬，这一切似乎是为了说服塔克斯：更高的主宰者确实存在着。此后一切立刻又被阳光淹没。安东觉得在板凳上坐在他旁边的人很亲切，他自问这种感情是否来源于这样一件矛盾的事情，即通过与这个人交谈他变成了当时暴力事件的参与者，因而现在已不再仅仅是该事件的受害者。受害者？他当然是受害者，虽然他活着；但同时他又觉得这件事也涉及另一个人。

塔克斯又点燃了一支香烟。

“好了。也就是说，我们知道敌人会报复。他们会烧房子，会枪毙人质。难道我们因此就不应该消灭普鲁赫？”

当他停止说话时，安东看了他一眼。

“您要我回答这个问题吗？”

“当然。”

“我做不到。我不知道。”

“那我就告诉你：答案是‘不’。如果你说，假如我们没有消灭普鲁赫，你一家现在还活着，那么这是真的。这简直是真的，但也只不过如此。如果别人说，假如你父亲当时租了另一幢房子你一家现在还活着，那么这也是真的。那样的话，我现在可能与另一个人坐在这儿。事情也许在另一条街发生，因为普鲁赫也可能住在别的地方。这一类真理对我们毫无价值。唯一对我们有价值的真理是，该死的人被正确的人杀了，不是被别人杀的。普鲁赫是我们杀的，你的一家是德寇杀的。假如你认为我们不应该那么干，那么也应该认为人类最好不应该存在。如果那样想，世界上一切爱、幸福和慈善都不如一个孩子的死。比如说你的孩子的死。你是那样认为吗？”

安东思维混乱地低着头，他对这些话没有完全弄懂，他从来没有真正思考过这些事情，而塔克斯却可能从来没有想过别的事情。

“所以我们干了。我们知道……”

“难道普鲁赫的价值确实同我们家人的价值相等吗？”安东突然问道。

塔克斯把香烟扔到自己脚下，然后用鞋子把它踩灭。他把烟蒂很彻底地踩成碎末，然后用一些沙子覆盖了它。他没有回答安东的问题。

“我们知道至少可能有一幢房子将被烧毁。就这一点而言，德国先生们还算克制了自己。我们只是不知道哪一幢房子。我们选择了那个地方是因为那儿最安静，也因为我们从那可以很快地跑掉。我们必须跑掉，因为我们的名单上还有其他几个混蛋的名字。”

“如果你的父母，”安东慢条斯理地说，“住在那儿的一幢房子，你也会在那儿打死他吗？”

塔克斯站起来了，向前迈了两步，然后向后转了半圈。这时可以看到他的裤子很肥大。

“见鬼，不会的，”他说，“当然不会。你的意思是什么？如果可以在别的地方干掉他，我就不会那么干。不过，在那些人质中，你知道的，在同一个晚上，有我最小的弟弟。而且我知道他是人质。你要不要知道我母亲的看法？她认为我做得对。她还活着，你可以去问她。你要不要她的地址？”

安东强迫自己不去看他的左眼睛。

“你他妈的瞧我的样子好像一切都应归罪于我似的。我当时十二岁，事情发生时我在看书。”

塔克斯又坐下来了，并且又点燃了一支香烟。

“那件事发生在你们家前面完全是偶然的。”

安东从侧面看着他。

“那件事不是在我们家前面发生的。”他说。

塔克斯缓慢地把脑袋朝他的方向转过去。

“请原谅，你说什么？”他用英语问道。

“事情是在我们邻居家前发生的。他们把尸体挪在我们家前面。”

塔克斯把两条腿伸直，把脚交叉着，然后把手塞进口袋。他一边点着头，一边望着公墓。

“好邻居比遥远的朋友更有价值。”他在沉默了一会儿后说。他全身颤抖了一下，好像在笑似的，“他们是什么样的人？”

“一个没有了妻子的男人和他的女儿。他是海员。”

塔克斯又点了下头。他说：

“谢谢您……是的，这种情况当然也可能发生：命运会助你‘一臂之力’的。”

“这样做可以吗？”安东问道。他立刻觉得这个问题很幼稚。

“可以吗？可以吗？”塔克斯重复他的话说，“在巴格达是可以的。你问问牧师好了，他有时也在这儿逛。你试试说他们的立场是错误的。再过三秒钟那件事还会在你们家门口发生。”

“我这样问，”安东说，“是因为我哥哥当时曾试图把他拖到更远的一家门口，或把他送回去，这我不知道，这时警察来了。”

“天，现在我终于全明白了！”塔克斯喊道，“所以他在外头。可他从哪儿搞到了手枪？”

安东惊奇地看了他。

“您怎么知道他有手枪？”

“啊，你想什么？因为战争结束后我弄清了情况。”

“那是普鲁赫的手枪。”

“今天下午真了解到不少东西，”塔克斯慢条斯理地说，他抽了一口烟，然后从嘴巴的一角呼出了烟。“在远一点的那幢房子里住的是什么人？”

“两位老人。”

他想起了向他伸来的颤动的手。黄瓜非常像鳄鱼。他曾经对桑德拉这样说过，但她没有笑。她同意这种说法。

“是的，”塔克斯说，“如果他当时想把尸体放回去，他们就会打起来。”接着他立刻补充说，“上帝，上帝，上帝，多么愚蠢。你们都是大笨蛋，竟把尸体搬来搬去。”

“那么应该怎么办呢？”

“当然应该搬到屋里来，”塔克斯生气地说，“你们应该尽快地把他搬到屋里来。”

安东恍然大悟地看着他。当然应该这样做！这是哥伦布的鸡蛋！他还来不及说话，塔克斯又继续说：

“你想想看。他们听见了某个地方有枪声。在那个居民区里的某个地方，但他们不知道在哪儿。如果他们在马路上到处都没有发现什么东西，他们能怎么样呢？他们会立刻想到暗杀吗？他们首先会想到一个警察向某个人开了枪或类似的事情。或者说你们的邻居中有国家社会主义运动成员，是他们出卖了你们？”

“没有。但是我们应当怎么样处理那尸体呢？”

“我也不知道。藏起来。在地板下面，或埋在院子里。把它吃掉更好。同邻居一起把它煎熟，然后一起吃掉。当时不正是闹饥荒的冬季吗？吃掉战犯不属犯罪。”

安东好像笑了，他全身震了一下。他当文书的父亲把警察局的巡察官煎了，然后又把他吃掉了。他想起了拉丁文俚语：嗜好问题用不着争论。

“你是否以为这类事从来没有过？忘掉它吧。什么事都发生过。凡是你想象得出来的荒唐事情都发生过，甚至更荒唐的事也发生过。”

去坟地的或从坟地走过来的人们在路过时都看了他们一眼：两个男人，坐在一棵树下的石板凳上。一个比另一个年轻一点。当其他人早就在酒店里坐着时，他们还在为死去的朋友感到悲伤。他们在回忆往事：你还记得他那次……当人们从他们面前走过去时，他们不好意思地保持沉默。

“这话说起来很容易，”安东说，“你过去一直在想那类事情，别的什么也不想，我认为你现在一点没变。我们呢？当时只是在桌子周围看书，突然听见了那些枪声。”

“即使是当时，我也会立刻想到应该那样做。”

“肯定，但你毕竟是战斗小组成员。我父亲是文书，他从来不干别的什么，他只是把别人干的事记下来。其实我们也没有时间搬尸体。不过……”他说道，同时突然抬头往上看树叶，“最初好像有人在吵嘴。”

天突然变得很亮，他一下子看见了黑夜里发生的混乱的事情，楼道里的事情，有人在大声喊叫，好像彼得被肢解了，一把钥匙的事……这一切又消失了，好像是人们白天在短暂的片刻里回想起来的一场梦的片断那样。

塔克斯转移了他的注意力。塔克斯用鞋跟在沙子里划了四条竖线，使每条线下边的土暴露出来了：

| | | |

“听着，”他说，“不是有四幢房子吗？”

“是的。”

“你们住的是左边第二幢。”

“你还记得很清楚。”

“我有时还到那个地方去看看。英雄总是要回到他们干了英雄事迹的地方去，这是众所周知的。虽然……完全可能只有我一个人那么干。至少就你们家那个码头而言。好。我别的不知道，只知道他躺在这儿，在你们家前面。他最初躺在哪个邻居家前面？这一家还是那一家？”

“这一家。”安东说。他用鞋子指了右边的第二幢房子。

塔克斯点头并看了看那几条线。

“对不起，不过我还有一个问题。那么为什么那个海员把他放在你们那儿，而没有放在这里，另外的邻居那里？”

安东也看着那几条线。

“我完全不懂，也从来没有想过。”

“恐怕应该有原因。他非常讨厌你们吗？”

“据我所知没有。我有时还到他们家串门。他们可能讨厌另外的邻居，他们对谁都不理。”

“你从来没有试图弄清这问题？”塔克斯问道，并且惊奇地看着他，“这一切你都觉得无所谓吗？”

“无所谓，无所谓……我不是说过，我觉得不需要重新回顾那些事情。事情发生了，也过去了。什么也改变不了事实，弄懂了也改变不了它。那时是战争，一片混乱，我全家遭杀害了，我幸免于难，舅舅和舅妈收养了我，我一切都很好了。你把那个恶棍打死了是对的，真的，我不会对此提出什么意见，你还是去说服他的儿子吧，我是用不着说服的。可是你为什么今天还想把那件事弄得水落石出呢？那是办不到的，而且有什么用呢？它已经是历史，很早的历史。同样的事情后来发生了多少次呢？也许此时此刻，我们在这儿谈话时，这样的事情又正在发生。此刻可能有人在某个地方正在用喷火器烧房子。比如说在越南。你敢发誓不会有这种事吗？你到底在想什么？当你刚才把我带到外头时，我以为你想解开我思想里的疙瘩，然而事实完全不是这样，至少不完全是这样的。你的思想包袱更重。依我看你忘记不了战争，可是时光在继续流逝。你是不是为自己干过的事感到后悔？”

他说话很快，但很平静，同时他模糊地感觉到，他必须控制自己，以免过于沉重地打击对方。

“如果需要，我明天还会那么干，”塔克斯毫不犹豫地说，“而且也许明天就需要这样做。我消灭了一个班那样的货色，我至今还感到十分痛快。杀他也是一次行动，尽管这行动……有问题。那儿发生了某件事。”他把双手放在板凳边上，改变了坐的姿势。“我想说的是，事后我还是更愿意那次行动没发生。”

“因为我的双亲被害了？”

“不，”塔克斯粗暴地说，“对不起，我必须这样说。那是不能预见的，也是估计不到的。那也许是因为抓到你哥哥时他有手枪，或者是因为另一个原因，或完全没有原因，我不知道。”

“那很可能是，”安东头也不抬地说，“因为我母亲朝着那些德国人的头儿冲过去了。”

塔克斯不说话，也继续凝视着前方。然后他把脸转向了安东，对他说：

“我真的不是因为怀念战争年代而要折磨你的。也许你这样想。那种人我也认识，但我不属于他们。他们每次放假都要去柏林，他们最喜欢的是把希特勒的像挂在自己床头。不，问题在于哈勒姆那件事更复杂。”他的眼睛里出现了一种闪闪发亮的东西，安东看见他的喉结上下抽动了几次。“当时丧生的不仅仅是你父母亲，你哥哥和那几位人质。打普鲁赫时我并不是独自一人的。我们是两个人的行动。还有一个人陪着我……那个人……可以说……她是我的女朋友。总之，算了。”

安东傻呆地盯着他。他突然受不了了。他用双手捂住自己的脸，然后走开了并且哭起来了。她死了。此刻他才承认她二十一年前死了而同时又升华了。她对他来说很重要，二十一年来她却一直躲在黑暗之中，他实际上从来没有主动想过她，否则他会经常自问她是否还活着。他现在才恍然大悟：刚才他还在找她，在教堂里，后来在咖啡馆里，也因此他才来参加这次和自己毫无关系的葬礼。

他感觉到自己肩膀上塔克斯的手。

“怎么回事儿？”

他把捂着脸的双手放下来。他的眼睛却是干的。

“她的生命是怎么结束的？”他问道。

“解放前三个礼拜她在沙丘地带被枪毙了。所以她被安葬在烈士陵园。你到底为什么这样关心这个问题？”

“因为我认识她，”安东小声地说，“因为我同她谈过话。那天夜里我就在她的牢房里。”

塔克斯半信半疑地看着他。

“你怎么知道是她呢？她叫什么名字？她肯定没有告诉你她是谁。”

“不，但我肯定知道是她。”

“她是不是说她参加了暗杀？”

安东摇了摇头。

“没有，也没有，但我肯定知道。”

“那么你到底怎么知道的，他妈的！”塔克斯生气地说，“她长得什么样？”

“那我不知道，那天夜里很黑。”

塔克斯想了一下。

“假如你看了照片你会把她认出来吗？”

“我没有看见她，塔克斯。虽然……我很想看她的照片。”

“她说了什么呢？她应该知道一点情况呀！”

安东举起了两只胳膊。

“我真希望我知道一点情况。那是很久以前的事……她受伤了。”

“哪儿？”

“我不知道。”

塔克斯的眼睛湿润了。

“应该是她，”他说，“虽然她没有说她是谁……普鲁赫在最后的时刻打中了她，当时你们快要拐进另一条街了。”

当安东看见塔克斯的眼泪时，他自己也忍不住哭起来了。

“她叫什么名字？”他问道。

“德吕丝。德吕丝·科斯特尔。”

坟墓周围的人们现在都一个劲儿地偷偷地斜眼看他们。他们也许感到很奇怪，两个成熟的男人怎么会因朋友死去了如此悲伤，甚至为此控制不住自己。也许他们只是做作而已……

“啊，他们在那儿，两个疯子！”

是他岳母的声音。她穿过栅栏进来了，莎斯基娅和桑德拉紧紧地跟着她。在令人眩目的白沙地上可以看见两个黑影子和穿着白衣服的小孩。桑德拉喊了一声“爸爸！”她把洋娃娃扔在地上，跑到了安东跟前，他则站起来，蹲下身去迎接了她，把她抱起来了。莎斯基娅眼睛睁得大大地看着他，他明白她很着急。他向她点了点头，叫她放心。但她的母亲拄着她那根银手柄、黑得发亮的手杖，不肯轻易地接受这一切。

“呃，你们为什么在这儿哭呀？”她生气地问道。这时桑德拉一下子转过头去看安东的脸。德赫拉夫夫人发出了好像要呕吐的声音。

“你们让我难受。难道你们老是忘不了那场讨厌的战争吗？你在给我的女婿讲些什么鬼话，盖斯？是的，是的，你当然又在胡说。”她笑起来了，笑得很奇怪，是讥笑，笑得肥大的面颊都振动起来了。“这不行呀，看你们的样子，好像是被活捉的吃尸体的人。而且还是在公墓里抓到的呢！所以到此为止。你们跟我走。”

她向后转了身，然后往回走了，走时还用手杖指了一下沙地上的洋娃娃。她一刻也没有怀疑别人是否会服从她，实际上也是这样的。

“你不会相信可能出现这种情况吧？”塔克斯说，他也笑得很奇怪，说明他早先已经同德赫拉夫夫人打过交道。当安东看他时，他说：“威廉明娜女王。”

桑德拉告诉他说，她同妈妈一起到那死去的先生家里去了，在那儿喝了两杯汽水。他们回到了广场，咖啡馆里也没有几个人了。咖啡馆门前停着一辆挂着旗帜的汽车，司机在汽车后门旁等候。一些人若有所思地看了看安东，但谁也没有去管他。桑德拉同她外婆一起进了咖啡馆去接德赫拉夫。莎斯基娅手里拎着洋娃娃说桑德拉还得吃点东西，她已经向母亲建议一起在外边吃午餐。

“请等一会儿。”塔克斯说。

安东止步了，他觉察到塔克斯在他背上写东西。莎斯基娅又用刚才那种眼光看他，他闭了一下眼睛，示意一切很好。塔克斯从自己日记本里撕下了一页，把它折叠了，然后把它塞进安东的上衣口袋。他默默地向他伸了下手，向莎斯基娅点了一下头，然后进了咖啡馆。

在台阶边上亚普试图发动自己的轻便摩托车，他发动成功时，部长同德赫拉夫一起出来了，司机摘下帽子，打开汽车门。但部长先走到亚普那儿，并同他握了手。

“再见，亚普。”

“是的，”亚普说，“下次再见。”

# 四

桑德拉当然要求同外公外婆坐一辆汽车，他们两辆汽车一前一后地穿过小胡同开到了安东认识的一家饭馆。他现在可以毫无干扰地同莎斯基娅谈谈刚才发生的事，但他没有这样做。他沉闷地驾驶着汽车，而她父母教过她，遇到这种情况时，她应该像遇到了刚刚从战争中出来的人那样去做。她只问了他们刚才是否在互相谅解。他答复说："有点这个味道。"虽然这不符合事实。他觉得自己好像太长时间地泡在热水里洗了澡似的。他死死盯着公路，试图思考刚才的谈话，但看来他还不知道该怎样思考，他甚至还觉得始终没有什么该思考的事情。这时他想起了塔克斯塞进他口袋的那张纸条，他把它拿出来，然后用一只手的手指把它打开。那张纸条上写着一个地址和一个电话号码。

"你要去找他吗？"莎斯基娅问。

他把纸条重新塞进口袋，然后把头发抚到耳朵两侧。

"我想不会的。"他说。

"可你没有把它扔掉。"

他微笑着看了她一眼。

"没有扔掉，没有。"

大约过了十分钟他们到达了饭馆，这是一家很讲究的地方特色饭馆，是由一个农场改建的，屋里很黑，没有人，大家在果树下吃饭，穿着燕尾礼服的服务员招待着客人。

“我要吃炸土豆片！”桑德拉一边从另一辆汽车里跑过来，一边喊叫。

“炸土豆片，”德赫拉夫夫人重复了一下，并且又发出了想呕吐的声音，“我觉得这么说很土气……”然后她对莎斯基娅说：“你不能教孩子那东西的名称是炸马铃薯片吗？”

“让那可怜的孩子吃炸土豆片吧，”德赫拉夫说，“假如她不喜欢吃炸马铃薯片的话。”

“我要炸土豆片。”

“给你炸土豆片，”德赫拉夫说，他把手放在她头顶上，好像给她戴上了头盔似的。“还给你炒鸡蛋。你是不是更喜欢吃煎鸡蛋？”

“不，喜欢炒鸡蛋。”

“唉，爸爸，”莎斯基娅说，“你能给她炒鸡蛋吗？”

德赫拉夫找了一张桌子坐下来，把胳膊伸直，把双手放在桌子边上。当服务员把菜谱递给他时，他用手背把它挡住了。

“那位先生要吃鱼。小姐要炸土豆片和炒鸡蛋。还要法国夏布里斯白葡萄酒，倒在冷水瓶里，要冷得瓶子表面凝着水汽。我看你穿着这套制服胃口就更好了。”他的妻子哈哈大笑起来了，直到她停止大笑他才把餐巾铺在大腿上。“你们知道狄更斯的轶事吗？他每年圣诞节都要请朋友们吃晚餐。他把炉火烧大了，把蜡烛点起来，而当开始吃鹅时，大家听见了窗户外面的雪地里有一个孤独的流浪汉在跺脚并用手拍打身体取暖，同时每过几分钟还叫喊：‘哎呀，多么冷呀！’这个人是他雇的，目的是进一步衬托屋里的气氛。”

他笑着看着坐在他对面的安东，他这样欢乐当然主要是为了缓和安东的情绪，然而，当他看见安东的目光时，他的笑容消失了。他把餐巾放在盘子旁边，摆了下脑袋，然后站起来了。安东也站起来跟他走出来。当桑德拉也想从自己椅子爬下来时，德赫拉夫夫人说：

“你给我坐着。”

长满水草的水沟，隔开了饭馆的院子和草田，他们在水沟边停住了。

“你现在怎么样，安东？”

“我能解决我的问题，爸爸。”

“盖斯真发疯了，干了件最大的蠢事。在战争中他遭到了严刑拷打，却什么也没说，现在他倒把话说过头了。天啊，你怎么竟然坐在他旁边呢？”

“而且从某种意义来说是第二次。”安东说。

德赫拉夫不明白地看着他。

“是的，还有那件事。”他想明白后说。

“但正是因此一切都很一致。我的意思是……它们互相抵消。”

“它们互相抵消，”德赫拉夫点着头重复他的话说，“是呀，是呀。好了。”他做着手势说，“你说话很难懂，但这可能是你的方法，可能只有这样你才能向自己解释一些事情。”

安东笑了。

“我自己也不太清楚我的话是什么意思。”

“那么，谁应该明白呢？不过，好了，关键是你要控制自己。今天发生的事情对你来说也许是好事。我们把一切都搁置起来了，但现在问题出来了。我听见了四面八方的人都这样说。过去的二十年好像是我们病症的某种潜伏期。我认为，阿姆斯特丹的情况与它有某种联系。”

“不过，您给人的感觉好像没有任何问题。”

“是……”德赫拉夫说。他试着用自己黑皮鞋的鞋尖撬松一块石头，青草和杂草把它固定在土壤里。“是……”他没有成功，他看着安东，点了头。“让我们回到餐桌去吧。你不觉得这样做最好吗？”

在德赫拉夫夫妇朝格尔德兰省方向离去后，莎斯基娅和安东轮流进了更衣间，然后穿着夏季服装从更衣间里出来了。随后他们驱车去海滨。

一条羊肠小道从沙丘中间穿过去，小道两边稀稀拉拉地还有以前德国人修建的大西洋防线的几个碉堡，而在小道的终点则是大海，它宁静而驯服，延伸到地平线。因为是孩子们都得上学的普通日子，海滩上主要是带着年幼儿童的母亲。他们赤着脚在热沙上走路，踩着涨潮时被海浪冲到岸上来的干燥而锐利的贝壳，走到还没有退回去的海浪边。到了这儿天气才明显地凉快一些。莎斯基娅和桑德拉立刻脱掉了衣服，然后跑到了第一块沙滩前面灌满了温热海水的水池里。安东却首先布置了他们的小帐篷，铺开了毛巾，把侦探小说塞到毛巾下面，叠好了衣服，摆好了小桶和小铁铲，把自己的手表放进莎斯基娅的手提包。然后慢慢地走进水里，走进深水处。

在第二块沙滩后面，他还不能站在海底，因为那儿的水真冷。不过这是奇怪的、不舒服的冷，他不觉得凉爽：侵入他肌体的是死亡深渊所散发的冰冷的凉气。但他还是坚持游了一会儿。虽然他离海滩还不到两百米，他已经不属于陆地了。海岸上很安静，它向左右两边延伸，那儿有沙丘、灯塔、装有很高天线的矮小建筑物。他忽然觉得自己疲惫而孤独，他下巴开始发抖，他尽可能快地往回游，好像必须摆脱来自地平线后面的危险似的。海水逐渐变暖了，他一感觉到脚底下有土地时，就开始趟着水走。莎斯基娅和桑德拉那儿的海水暖融融的，像热水浴的水。他在坚硬的沙垡上展开身体脸朝天躺下来，伸开了两只胳膊，深深地叹了口气。

“那边很冷。”他说。

回到海滩上后，他把自己的毛巾往后拉了几米，把它铺在热烘烘的白沙上。莎斯基娅在他身边坐下来，他们一起看着桑德拉，而桑德拉正在不远处看一个同龄小姑娘用沙建造城堡。过了一会儿桑德拉开始沉默地跟着干，另一个小姑娘则假装没有注意她。

“你感觉如何？”莎斯基娅问。

他用一只胳膊搂住了她的肩膀。

“很好。”

“把那事忘掉。”

“我已经把它忘掉了。”他躺了下去，“太阳对我很好。”他把脸放在自己的肘弯上，接着闭上了眼睛。他抖动了一下，察觉到了一小股痒痒的水流过他的背和腰，此后又觉察到了莎斯基娅的双手在给他擦油……

过了一会儿他突然抬起了头，发现自己睡着了片刻。他又坐起来看看莎斯基娅，她正在跪着给桑德拉擦油，她没有发现他在看她。现在太阳最炎热。海里有人玩球，在一块撑开的帆布下面两个小男孩在玩吉他。几个小孩子勇敢地走进海水里，然后把一小桶一小桶的水倒进小坑，这时他们坚信这些水永远会留在这儿。安东把自己的书拿出来，试着看书，但即使在他头部的阴影下，对没戴太阳镜的他来说，书的页面还是太耀眼了。

桑德拉开始闹了，莎斯基娅又一次和她一起进了海水。她们从水里出来后便湿漉漉地走到不远处聚集起来的人群处，但不一会儿桑德拉哭着跑到安东那儿去。有几个男孩正在用铁铲砍死一只像烙饼那么大的紫色水母，而水母却不能反抗。莎斯基娅继承了她母亲的果断精神，这时她果断地开始收拾桑德拉的东西。

“我到村子里去，和桑德拉买东西，然后回家。孩子累死了。先是教堂，然后是葬礼，还有死人的家……”她蹲下去把桑德拉的身体搓干，搓得小姑娘全身振动起来了。

“我现在也跟你们一起走。”

“不，你留下，否则更耽误时间。我们还想喝一点水，然后会来接你的。”

他看着她们离去，想再次向她们招手，但她们没有回头看他，只是费力地上坡走了，随后他满身大汗地仰朝天躺着，闭上了眼睛……

海滩上的各种声音逐渐消失了，它们好像被天空那么大的一只球的外层吸收掉了。他在这只球的中心躺着或飞翔着，像处身在一个空旷的、粉红色的空间里，而这块空间正在迅速地脱离世界。他开始听见一种砰砰的撞击声，它好像来自地下，但这儿却没有土地；这是空间本身发出的碰撞声。天变黑了，天上布满了一层薄云，就像一滴墨水掉进一杯水那样：墨在水里扩散，但没有与水混合，这是一种分子运动，是外形的变换。一只模糊的手在很短的时间内变成了一副保守的教授面孔，他长着小胡子，戴着夹鼻眼镜，接着这只手又变成一头站在一辆平板车上的已打扮起来的大象。撞击声变成了一列火车的声音，正驶过铺了很多岔道铁轨的火车站，然后火车声在片断的音乐声和在微风中摇曳的谷穗所发出的声音中慢慢消失。正在下毛毛雨的黑夜中，一切变得更黑了。从插着羽毛的一副甲胄的铁盔里冒出了火焰，它在风中晃了一下，突然一切变得很坚硬，很结实。又出现了光，出现了一扇粉红色水晶制成的巨大的门，不是光把它照亮了，是它自身发着光。上面站着两个天使，他们拖着由一片一片也是水晶制成的叶子所组成的尾巴。那扇门是用漆成粉红色的铁条封住的，那些铁条是在门上安装或焊接的，这么多年后什么也没有损坏。他回家了，他回到了“别有情趣”。虽然门锁着，他还是进去了，但房间是空空的。房子里面完全翻修一新了，使他认不出来了，里面摆设了大量的石像、雕塑和装饰品。这里像在水下那样安静。好像有什么东西阻碍他似的，他费力地蹚水穿过已经变成了大厅的房间。忽然间，他认出来了，他看见了父亲的小书房。不过在原来的斜墙那儿，现在是用玻璃盖的小房间，好像是一间很大的花房或温室，里面有一个小喷水池和一座秀丽的、粉白的希腊庙宇的正面模型……

他独自穿着内裤躺在长沙发上，阳台的大门敞开着，夏夜的热气畅通无阻地流进来。只有傍晚的一道霞光和街道两旁的路灯照亮着房间。这时才能清楚地看到他的脸、胸部和双腿。皮肤被太阳晒得很厉害，虽然他略有发黑的皮肤不那么容易被太阳晒坏，但现在他的皮肤被晒得非常红，好像挨了一顿毒打似的。当桑德拉把他摇醒时，他已睡了一个半小时。睡觉时，一个人的血液循环变慢了，而晒太阳时，却需要血液循环加快，以排掉热量，因此在晒太阳时睡觉会使皮肤烧坏。他头痛得好像要裂开似的，但他一坐在汽车靠椅上，在凉快的阴影下，他的头痛几乎完全消失了。午餐时喝的葡萄酒很可能也与此有点关系。

远处不断地传来汽车发出的噪音，但在马路上只能听见坐在阳台上或坐在台阶上的人们的声音。在几幢房子远的地方一个小孩在吹木笛。因为桑德拉睡不着觉，莎斯基娅在吃饭后把她放在床上，陪她躺了一会儿，结果她自己也立刻睡着了。

安东疲劳地凝视着前方。他想到了塔克斯，看来生活中一切事情都迟早会暴露在光天化日之下，被处理和最后了结。他拜访博默尔夫妇已经过去了多久呢？十五年了。这段时间比他一九四五年时的岁数还大。博默尔先生现在毫无疑问终于安静地躺在一具棺材里。博默尔夫人可能也死了。此后他再也没去过哈勒姆。伐克呢？天晓得他在哪儿，这无关紧要；或许他已经是登海尔德那家公司的经理。塔克斯的情况不同。他们两人一起哭过。那是他第一次为了过去发生的事情而流泪。但他并没有为自己父母亲和彼得痛哭，他是为了一个安东从来没有看清楚过的姑娘的去世而哭的。德吕丝……德吕丝是谁？他微微地抬起了上身，并力图回忆她姓什么，但他没有成功。在沙丘地带被枪毙，沙土上的血。

他闭上了眼睛，回忆牢房里的黑暗，那轻轻地抚摸他脸的手指……他把手放在自己脸上，睁大着眼睛，透过指缝看着四周。他深深地吸了气，用双手把头发抹到后边去。他不应该这样做，这很危险，他的情况不妙，他应该去睡觉，但他把胳膊叉在胸前，又凝视着前方。

塔克斯有她的照片。他应不应该找他去，最后把她确认一下？她过去是他的女朋友，看起来是他最爱的人，他不言而喻有权从自己这儿得到关于她的最后消息。但他完全记不得她说过一些什么，只记得她说了很多话，并且摸过他的脸。拜访塔克斯的唯一结果，将是他不再会感觉到他看不清楚的她是存在着的，而且形象很高大。她会变成具体的一张面孔。他希望这样吗？这样做会不会削弱她给他留下的印象？她的脸美或丑，吸引人或不吸引人，或不管是个什么样子，这都没有什么关系，但看了照片后，他就会看见她本来的面孔，而不是任何其他的面孔。现在他却完全不能想象她是什么样子的，他只有一种抽象的认识，这有点像信天主教的孩子对自己的“守护神”的认识。

这时却发生了下面要谈的一件事。他从躺着的姿势站起来，他的动作使人想起了马戏团的空中飞人从很高的地方掉到蹦床上之后的样子，他好像没有力气似的重新站起来。他跪下来看一张照片，其实他本来一直在无意识地凝视着它。放在像框里的这张照片摆在一个红木柜子上，这柜子外头钉上了由铜片制成的装饰品，柜子里面还存放着他收藏的六分仪。在傍晚的光线中很难看清照片上的人，但即使看不清他也知道照片上是谁：是莎斯基娅。她身穿盖住了脚腕的黑色长裙，肚子很大，因为正怀着几天后就生下来的桑德拉。说他不能想象叫德吕丝的那年轻女人是个什么样子是不对的！他从一开始就想象她是这样的，就是这个样子，不会是另一个样子：就像莎斯基娅！在斯考恩石那儿遇到她时，他第一次看见她时，他认出来的就是想象中的那个女人。莎斯基娅是他想象的女人的化身。他也许是十二岁起脑子里就无意识地有了这种想象，只是遇到了莎斯基娅后，这种想象才变成可见的东西，但当时认识她并不是作为想象中的女人的化身，而是作为他直接爱的人，当时他非常肯定应该留她在身边并给他生个孩子！

他不安地开始在房间里来回走。这是一些什么样的想法呢？它们也许是对的，也许不对。然而，假使这一切是对的，难道他不是正在伤害莎斯基娅吗？她首先是她自己。她同在沙丘地被枪毙的、已经死了很久的抵抗女战士又有什么关系呢？如果不允许她作为她自己而存在，而要她充当另一个人，他不就是在破坏自己的家庭吗？他毫无办法这样做，因为她不可能是另一个人。他这样做，从某种意义来说，是在杀死她；但另一方面：假如这一切是真的，如果以前没有遇到警察局地下室里那姑娘的话，他当时也不会同莎斯基娅在一起。也就是说，他的幻想当然在起作用。莎斯基娅很可能长得不像德吕丝，因为他并不知道德吕丝长得怎么样。否则塔克斯看见莎斯基娅时会有反应的，但他几乎没有注意她。莎斯基娅完全长得像他自己所想象的德吕丝那样。但那种想象是从哪儿来的呢？它也许来自更深远得多的根源，用弗洛伊德的话来说，它也许来源于当他还躺在摇篮时所看到的母亲形象。

他到阳台上去了，朝楼下看了看，但什么也没看见。在医院里，每听到第二天要来一位叫某某的新同事，他也总是立刻想象一下他或她是个什么样子。这些想象也总是不符合实际的，因此一见到相关的人时他就把自己的想象忘掉了，可是那些想象是从哪儿来的呢？知名的作家和艺术家也曾使他有过这样的体会：当他第一次见到他们的画像时，有时会产生十分惊奇的感觉，这说明他下意识地想象过他们应该是什么个样子。曾经有过这样的情况，即在看了那样的照片之后，他就失去了对他们的作品的兴趣。见到了乔伊斯的照片后他就产生过这种情绪，而这并不是由于乔伊斯长得丑。因为萨特长得更丑，在看了萨特的照片后，他却对萨特的作品更加感兴趣。

换句话说：莎斯基娅长得像他想象中的德吕丝，这不是什么可以非议的事。德吕丝在当时的情况下使他形成了关于她的想象，莎斯基娅则符合这种想象，这完全没有问题，因为这种想象不是德吕丝的，是他的，而它由何而来则是无关紧要的一个谜。其实，事情说不定正好应该被颠倒过来。莎斯基娅曾经使他一见钟情，也许因此他事后觉得德吕丝也应该是这个样子的。然而，这样对德吕丝不公平，他不仅有义务弄清楚她叫什么，而且还要看看她的真正面孔，就是德吕丝·科斯特尔自己的面孔。

天已经变得更凉快一些。远处警车的警报器大声地鸣叫着。市里又出事了，几乎一年来一直是这样的。现在是十点半，他决定现在就给塔克斯打电话。他到楼上卧室里去了，那儿的窗帘还开着。被子都被掀开了，桑德拉张着嘴巴在被单下睡着；莎斯基娅几乎赤裸地趴在她旁边睡，她用一只胳膊搂着孩子，屋里又安静又热，使人感到困倦。他在屋里站了片刻，看着她们。他现在忽然觉得刚才想的一切只是无益的混乱想法：是中暑所导致的令人发疯的混乱念头。他必须把这一切忘掉，他也应该去睡觉。

他却没去睡觉，走到被莎斯基娅挂在椅子上的他的外套跟前，用两个手指把上面口袋里的小纸条掏出来，他模模糊糊地意识到，他仍在干着一件不好的事情。

# 五

“随便什么时候，”塔克斯用英文回答。当安东提出什么时候可以看他，“让我说的话，现在马上就来吧。”当安东告诉他说有点头痛时，塔克斯说：“谁没有？”安东第二天值班到四点钟，他们约定四点半见面。

天气仍然很热。他吃力地集中精力工作，又很高兴有了机会出去到纽寨福堡码头散步。晒伤了的脸庞和胸部仍然很痛，早上莎斯基娅又一次给他仔细地擦了油，他犹豫要不要给她讲讲他们约会的事，最后他没有这样做。在斯普伊广场上停着一排警察局的蓝色警车，城里的气氛很紧张，但市民对这一切已经习以为常了。市长和部长在研究局势。塔克斯住在丹姆广场上王宫的斜后面，狭窄的房子里，必须穿过几辆卡车才能到达那儿。在房东日子曾经富裕的时候，在房子大门上方砌了一块石头，石头上面雕刻了一只嘴巴里咬着一条鱼的某种神话动物，这只动物下面却写着：

水獭

安东找了半天才在各种事务所、企业和人物的门牌之间找到了他的名字，它是用铅笔写在一张纸条上的，纸条则用图钉钉在门铃下面，纸条上还写着来客必须按三下铃。

他开门时，安东立刻发现他喝了酒。他的眼睛泪水汪汪，脸上的斑块比昨天还明显；没有刮胡子，从嘴巴周围直到没有扣上的上衣都是灰色的酒迹。安东跟着他穿过又高又长的走廊，墙壁上的白灰一片一片地剥脱下来，还放着几辆自行车、一些纸盒、水桶、木板和一只跑了一半气的、瘪塌塌的可以吹起来的橡皮艇。从一间房门后面传来了打字机和一台收音机发出的声音，一个弯曲得很古怪的古色古香的栎木楼梯通到了这条走廊，楼梯上坐着一个穿着睡衣的老汉，他在修理一只可以伸缩的划桨。

“你看报纸了吗？”塔克斯头也不回地问。

“还没有。”

走廊的尽头是后屋，等过一个门他们走进一间小屋子，这既是卧室，又是工作间和厨房。里面有一张凌乱的床，还有一个有点像写字桌的东西，上面摆满了纸、信、收据、打开的报纸和杂志，它们中间还有喝咖啡的杯子、一只烟灰堆得过高的烟灰缸、一瓶打开的果酱，甚至还有一只鞋。安东看到这些不应放在一起的东西就这样堆在一起感到很不舒服。在家里，他甚至看不惯莎斯基娅把一只梳子或手套搁在他的写字台上。屋子里还有锅、盆、没有洗的盘子和皮箱，似乎他正准备动身。在锌板制成的水池边上有一个打开的窗户，通过窗户可以看见东西堆得很乱的天井，也可以听见音乐声。塔克斯从床上捡起一份报纸，一连把它折叠了几次，折叠得最后只能看见头版上的一条消息。

“你也会对这感兴趣。”他说。安东念了：

维利·拉格斯
因病危
被释放了

他知道拉格斯曾是荷兰的德国党卫队保安处或盖世太保的头子，由于担任这一职务，他应该为数以千计被枪毙的人和十万名犹太人被驱逐出荷兰负责；战后他被判死刑，但好几年前已获赦。当时有大批群众进行了抗议示威，不过他没有参加示威。

“你觉得怎么样？”塔克斯问道，“因为他病了，我们可爱的小维利。请你注意，在德国他会很快恢复健康的，同时会有很多人因为他恢复健康而真正生病。但这不是主要的问题。那些人道的先生们，他们是用我们的钱搞人道主义的。战犯病了，唉，他真可怜。赶快把那法西斯分子放出来，我们不是法西斯分子，我们不要把手弄脏。害人的人生病了？那些反法西斯主义者是多么记仇的人呀！他们同他完全是一路货色。会这样的，你看着吧！今后谁会最积极主张放他呢？就是所有的在战争中没把手弄脏的那些人，当然首先是天主教徒们。他不是无目的地迅速在监牢里加入天主教的。但如果他进天堂，我宁肯进地狱……”塔克斯瞧了瞧安东，把报纸从他手中取过来，“你已经接受了这种情况，对吗？我可以说，你因为感到羞耻满脸通红。你的双亲和哥哥都是那位先生管辖下的。”

“不是现在这个快死之人的管辖之下。”

“快死之人？”塔克斯从嘴上取出了香烟，嘴巴张开了一会儿，让烟慢慢地飘出来，“把他送到这儿来，那么我还是会割断他的喉咙。如果需要的话用一把小折刀。快死之人……好像是他的身体拯救了他。”他把报纸扔到他的写字桌上，用脚把一只空瓶子踢到床底下，然后突然带着勉强的笑脸看他。“不过，是的，你本来就是以帮助受苦的人为职业，是不是？”

“你怎么知道？”安东惊奇地问。

“因为我今天下午给你那个见鬼的岳父打了个电话。一个人难道不应该知道他在和谁打交道吗？”

他继续看着安东，后者此时摇了摇头，同时慢慢地微笑起来。

“战争还在继续，对吗，塔克斯？”

“肯定，”塔克斯说，他也继续直视对方，“肯定！”

他左眼射出的目光好像钻进了安东的心，安东觉得很不舒服。他们现在要玩谁先眨眼睛的游戏吗？他把眼睛转开了。

“你呢？”他看着四周问道，“我很笨，没有给任何人打电话。你是以什么为生的？”

“你致敬的我是一位受到赦免的数学家。”

安东笑起来了。

“作为一个数学家，你的桌子显得很乱呀！”

“这些乱七八糟的东西是战争带来的。我是靠一九四零至一九四五年基金会救济维持生活的，它是阿·希特勒先生创建的，他把我从数学中解放出来了。如果没有他，我还是每天在教室里站着。”他从窗台上取下一瓶威士忌，给安东倒了一杯。“为了对毫不留情的人的留情。”他说，然后碰了安东的杯子。

“祝你健康。”

安东并没有觉得温热的威士忌对清醒有好处，但不喝是不可能的。塔克斯的冷言冷语比昨天更多。这也许是因为看了报纸上那条消息，或因为喝了酒，或是他本来就打算这么干。他没有请安东坐下，安东觉得他这样做很可爱。一个人为什么总是要坐下来呢？克里孟梭甚至要求死后直立地被埋在土里。他们端着玻璃杯在小屋子里面对面站着，好像是在参加鸡尾酒会似的。

“我也在医疗部门工作过。”塔克斯说。

“呃，我们是同事吗？”

“可以这么说。”

“说吧。”安东说，他感到塔克斯要讲件可怕的事情。

“那是在某一个解剖学研究所，在荷兰某地，我只能这样说。所长允许我们使用它来为美好的事业服务。在那儿进行了审判，判了一些人死刑，也执行了死刑。”

“这很少人知道。”

“也不应该让很多人知道。谁也不知道什么时候又需要它。当时解决的主要是内部问题，自己行列中的叛徒，混进来的敌人等问题。在地下室里给他们注射苯酚，直接打进他们的心脏，用一根很长的针。然后其他一些穿着白大褂的‘英雄’就在花岗岩台子上把他们切成小块儿。那儿还有很大的水池装满了福尔马林，里面漂浮着一些耳朵、手、鼻子、男性生殖器和肠子。这样，被杀死的人很难被重新拼在一起。都是为了教育，你懂吗？”他带着挑战的目光瞧着安东，“是呀，我坏透了。”

“如果是为了‘美好的事业’……”安东说。

“德寇害怕那个研究所，他们很不愿意去那儿……他们觉得那儿有鬼。”

“对你来说没有鬼。”

“地下室里还有一排高高的柜子，每排有五个抽屉，每排抽屉里有一具尸体。我曾在那儿躺过一夜，当时需要我躲藏一段时间。

“那么？睡得香吗？”

“香极了。”

“我可以问个问题么，塔克斯？”

“说吧，小伙子。”塔克斯微笑着说。

“你说这些是什么意思？难道需要像教育新入学的大学生那样教育我吗？这真没有必要。我也吃过苦，谁都不会比你更了解这点。”

塔克斯望着他，喝了一口酒，继续看着他。

“我要你清楚在和谁打交道。”他又继续看他一阵子，接着拿起了酒瓶，“来。别关门，可以听见电话响。”

他跟在塔克斯后面下了楼梯，走到了地下室，那儿也有一个走廊。塔克斯用一把钥匙开了一扇门，进了一个很低矮的房间，安东没能立刻弄明白这间屋子是干什么用的。这里的空气很闷热。微弱的光线从天花板上的窗户照射进来，塔克斯打开一排霓虹灯，冷冰冰的光增加了屋子里的亮度，这些灯中有一根无法点亮，它的两端不断发出紫色的火花。墙壁上破碎的白瓷板说明这里从前是这幢有钱人住宅的厨房，沿着矮矮的天花板安装着粗大的暖气管道和各种各样的其他管道。屋子中间摆着一张木桌子，上面又是一只满满的烟灰缸，靠着墙壁摆着一个用坏了的红绒布长沙发，还有一个门上装了镜子的旧式衣柜，一辆不能骑了的自行车。整个屋子有点像个地堡，像一个地下司令部，特别是沙发对面用胶布贴在墙壁上的、旧得发黄了的、有些地方撕破了的地图增强了这种印象。安东手里端着玻璃杯走到了地图面前，右下角写着“德国地图”，地图上画满了红色的和蓝色的线条，这些代表着一些浪潮和攻势，它们发源于俄国和法国，朝着柏林方向延伸，最后在那儿汇合。没有涂上颜色的只有德国北部和中部的一部分地区以及荷兰西部。他眼睛盯着地图上的海。在已经退色的蓝颜色上印着一个模糊的、浅红色的唇印：

嘴唇涂了口红的女人吻了这个地方。他往后转过身子。塔克斯叉着双腿坐在沙发上看着他。

“事情就是这样的。”他说。

这张地图挂在这里的原因就是这一点吗？不是因为痛苦地想念战争岁月，而是因为地图上印着她嘴巴的印儿？地下室是不是一个纪念堂？或许他认为战争和她没有什么区别。或许战争是他的情人，或许因此他不能不忠于她。即使在谈可怕的事情时，他谈的实际上可能是德吕丝·科斯特尔和他幸福的日子。

虽然这里正好可以直着腰站立，安东却无意识地低头走到了沙发前。他在塔克斯旁边坐下来，然后又看着从北海里升出来的那个唇印。他觉得好像她脸庞的其余部分也从北海里升出来了。（他还是十一、十二岁的男孩时，就曾在幻想，如果把地图放在显微镜下看，就可以看见哈勒姆人在走路——如果是在花园里这样做，就可以看见自己弯着腰看显微镜……）美丽的奥菲利娅[①]！她的嘴唇在那儿碰上了纸。也许当时他们正在把伦敦广播电台的消息写到地图上，也许他们同时还在谈论解放后干什么……他听见坐在自己身旁的塔克斯在喘息。他用嘴唇夹着一支香烟又给自己倒了一杯酒，保持着沉默。安东从来没有像此刻觉得自己同另一个人心连心，这也许对塔克斯也有效。从外面传来了轻轻的钟琴乐声。他看着自行车，是带有横铁管子的男式自行车，它的车座今天是买不到的：它过去叫“泰里牌车座”……

这时他看见了照片。

它有明信片那么大，是插在一条电线后面的，离地图不远。他

---

① 奥菲利娅：《哈姆雷特》里的人物。

的心脏扑通扑通地跳着。他一动不动地凝视着她的脸，分手二十一年后，她从远处看着他。几分钟后他瞅了塔克斯一眼，望了望他呼出来的烟，然后站起来走过去了。

莎斯基娅。是莎斯基娅在看着他。当然不是莎斯基娅，她甚至不像她，但眼神是莎斯基娅的眼神，就像他在威斯敏斯特教堂第一次看见的眼神那样。一个不引人注目的、大约二十三岁的、温柔的姑娘。她的微笑使她的嘴巴略微朝她脸庞右侧偏去，使她显得有点俗气，这同她上过浆的、前面绣了花的、带灯笼袖子和花结的高领裙子形成了对照。她长着浓浓的、垂落到肩膀上的波浪式头发，颜色很可能是深黄色，但在那张黑白照片上看不清。照片边上曝光过度，使她头周围的暗色背景上出现了一圈圈涂不掉的亮点。

塔克斯走过来站在他旁边。

“是她吗？”

“应该是她，应该是她……”安东说，这时他始终没有把视线从照片上移动过去。

她终于从黑暗中走出来了，而且是带着莎斯基娅眼神的。他回忆了昨夜的那些思索，但他太兴奋了，尚无法认识这种相似性的意义是什么。塔克斯也不给他机会。好像他一直到现在都在全力克制着自己似的，他猛地抓住了安东的肩膀，像老师叫醒打瞌睡的学生那样使劲摇晃着他。

“快说！她还说了什么？”

“我不知道了。”

“他说到了我吗？”

“我不知道了，塔克斯！”

“见鬼，试试回忆！”这句话他是大声叫出来的，叫了后立刻剧烈地咳嗽起来了。他难受得跑到一个角落，把双手扶在膝盖上几乎要呕吐。当他喘着气站起来时，安东说：

"一切都被我忘掉了，塔克斯。我希望我能把当时的情况都告诉你，但唯一能回想得起来的是她抚摸了我的脸。因为后来我脸上有血，我才知道她受了伤。我当时才十二岁，请你明白呀！我甚至已经不记得我父亲的声音。我们家的房子被烧了，父母亲和哥哥不见了，我饿晕了，差点休克，还被关进了一所警察局最下面的黑暗的牢房。"

"一所警察局？"塔克斯张着嘴巴看着他问道，"哪一所警察局？"

"在海姆斯泰德。"

塔克斯失望地扬起了两只胳膊。

"也就是说，她在那儿……上帝呀，我们是可以把她从那儿救出来的。我以为她在哈勒姆的监狱里……"

安东发现这时他脑子里仍然在想着攻打海姆斯泰德警察局。安东把视线转移过去，怒气冲冲地来回走动。过去的事情他已经彻底忘掉。他知道目前大学里正在搞LSD[1]试验。过去这件事当然还在他脑子某个部位记录下来了，他知道大学欢迎严肃的试验对象，做了试验后可能重新回忆这件事。如果告诉了塔克斯这一切，塔克斯肯定会狂热地要求他去做试验，但他却不愿意当试验品。他丝毫不愿意用化学的方法挖掘过去的事情。另外也有可能挖出来的不是这件事，而是另一件事，一件预料不到的事情，使他控制不住自己的情绪。

"我只记得，"他说，"她讲了很长的故事，关于某件事。"

---

① LSD：麦角酸二乙基酰胺，一种致幻剂。

“关于什么事？”

“我记不得了。”

“耶稣·基督！”塔克斯喊道，接着把杯子喝光了，然后像西部电影故事片里的酒吧老板那样把杯子在桌子上使劲推过去！“我忘了，我忘了……”

安东站住了。

“你最想做的，”他说，“是把我捆在一把椅子上，用强光照到我脸上，逼我回忆，对吗？”

塔克斯看了看地板。

“O. K，”他做了个手势说，“O. K……”

安东用不着再去看一眼照片上的德吕丝·科斯特尔长得怎么样，她的面孔已经不可磨灭地印入了他脑子里。

“你们结了婚吗？”他问道。

塔克斯给自己倒了杯酒，然后拿着瓶子朝安东的方向走过去。

“我结过婚，是的，不过不是跟她。我有老婆和两个孩子，像你这么大，可能小一些。但我爱的是她，而她不爱我。为了她我可以立即抛弃我的家庭，但她取笑了我。我说我爱她时，她说我是在装模作样的。我们在一起经历了很多事情。总之，现在我还是离了婚。”

他开始来回踱步。他的裤裆穿得太低了，裤腿后面磨得起毛了，安东想：这就是抵抗运动剩下来的资产，这个地下室里肮脏的、不幸的、喝得半醉的男人，也许他只是为了给朋友送葬才从地下室里走出来，而战犯们却获释了，各种事件也在没有人关心的情况下发生……

“这故事很长……”塔克斯说，“是的，她很行的，很会讲冗长的故事。都是吹牛！我们曾无休止地在一起闲聊，谈的总是道德问题。有时也谈战后会怎么样，但这时她的话却不多。有一次她说，一想到战后，她好像是往一个很大的黑洞里看似的。只要谈及道德，她就会滔滔不绝地说话。有一次我问她：如果一个党卫队队员让你选择让他打死谁，你父亲还是你母亲，而特殊的条件是如果你什么也不说就把两个人都打死，那么你怎么办呢？我听说过这样的事呢，”他说，然后把烟蒂扔进烟灰缸，“她问我会怎么做。我说我会数他制服上的纽扣：父亲，母亲，父亲，母亲……面对不讲人道的人，你只能采取愚蠢的办法。但她什么也没说。她认为，提出这种建议的人不会遵守诺言。就是说他可能不打死他们。不过，如果你说了‘我父亲’，他可能确实打死你父亲，然后说这是你要求的。她认为，从某种意义上说也是对的。她说得非常好。我们一夜一夜地谈论我们的工作。你应该想象一下我们在一起坐着的情景，我们两人都是被判了死刑的人……”

“你们被判了死刑？”安东问道。

塔克斯笑起来。

“当然。你没有？有一天半夜里，”他继续说，“她在宵禁开始后很久才回家，结果在黑夜里迷了路，露宿街头直到第二天黎明。”

安东把脑袋往后仰了一下，好像在远处听见了她熟悉的声音，一个很不清楚的信号，但它立刻消失了。

“露宿街头直到第二天黎明？这非常像我曾经做过的梦……”

“她思维完全乱了。那时的夜很黑，这你应该还能记得。”

“是的，”安东说，“当时有一段时间我还想当天文学家呢。”

塔克斯点了头，但他好像几乎没听见安东说的话。

“她喜欢思考问题。她比我小十岁，但她思考的问题比我多得多。与她相比，我是一个没有文化的农民，一个学数学的笨蛋。有一天我建议绑架赛斯·英夸特[①]的孩子，然后拿他们交换几百名我们自己的人。唉，我真糊涂！那些孩子同战争有什么关系？是呀，那些孩子同战争有什么关系？当然没有丝毫关系。这同被德寇用流水线的办法杀害犹太儿童与战争毫无关系是完全一样的。真的，毫无关系。但关键也正是这一点，必须在最脆弱的地方打击敌人。如果是他的孩子——当然是他的孩子——那么就要通过打击他的孩子来打击他。如果这笔交易谈不成，孩子会发生什么呢？是啊，孩子就要死的。无痛死亡，在解剖学研究所里……”他斜着眼瞅了安东一眼，说，“是的，对不起啰，我坏透了。”

“你已经是第二次说这句话的。”

“啊，真的吗？”塔克斯说，他故意装得很惊讶，却装得很不成功，“不会的吧！好了，那么我们就不再说那句话了，你同意吗？因此就没有绑架孩子。对法西斯主义者要采取法西斯主义行动，这是我的格言，因为别的语言他们不懂。我希望把它当作座右铭，但最好写成拉丁语。这你一定懂得，像阿尔法那样，你懂得怎么写。”

“反对法西斯主义者的法西斯主义行动……”安东重复说，“用拉丁语是不通的。法西斯的拉丁语词根的意思是‘斧头’。‘用斧头打斧头’，这毫无意义。”

“瞧，你也这么看，”塔克斯说，“德吕丝也说它毫无意义。她认为我应该小心，不要变成法西斯主义者，否则他们会用那种办法战胜我。是的，她是个哲学家，斯坦维克，不过是带手枪的哲学家。”

在说这句话的时候，他走到衣柜前，蹲了下去，拉开了抽屉，

① 赛斯·英夸特：驻荷兰的德军头子，希特勒死后任德国外交部长。

把一支大手枪放在桌子上，然后若无其事地继续走。

安东吓呆了似地看着突然躺在那儿的乌黑的武器。它的样子非常令人害怕，好像是会把桌子烧焦似的。他抬起头来了。

“这是她的手枪吗？”

“是她的手枪。”

那个东西一动不动地摆在桌面上，好像是从地里挖出来的另一种文明的文物。

“她用这支枪向普鲁赫开枪了吗？”

“而且射中了！”塔克斯说，他继续站着，把食指指向了安东。他瞧了一会儿那枪，安东注意到他开始回忆那天的事情。“那天夜里我很蠢，”他似乎自言自语地说，“我们按照要求并排着骑车，在你们家那的码头上，骑得很慢，好像是一对恋人。就是说……对我来说也的确是这样。我们让他超过我们，这时他还看了我们一眼。‘早安！’当时德吕丝还高兴地这样喊叫，他也对她笑了一下。过了一会儿我开始往前骑。本来打算立刻干掉他，但路面很滑，我必须用一只手控制车把，用另一只手从衣兜里掏手枪，结果差点滑倒了。我打了他的背，然后是他的肩膀和肚子，立刻发现这都没有用。他倒在地上时，我想再试一次，但我的手枪这时却坏了。我飞快地朝前骑车，让德吕丝能替我打他。当我往回看时，我看见她在人行道上用鞋尖支着自己，仔细地朝着他两个肩胛骨之间瞄准；他躺在地上，身体完全蹺起来了，脑袋夹在双臂中间。她打了两次，然后把手枪塞进口袋，很快地继续向前骑车。看来她坚信他死了，可是我看见他把上身竖起来了。我喊了一声，叫她小心，她开始加快速度，这时他开了枪，而且完全偶然地还打中了她！在她背部腰下某个地方。”

桌上的手枪好像是沉重的砝码，它把安东拉到历史的深渊里。后来在牢房里发生的一切他都彻底忘掉了，但家里最后一夜的事情他却记得一清二楚。那些枪声，荒无人烟的码头，地上普鲁赫的尸体。当然他始终知道，在此之前不久，那儿也曾有过其他的人，但从某种意义上说，这完全是逻辑推理的结果；只是现在一切变成了现实。就是说，他听见的叫喊声不是普鲁赫，而是塔克斯发出的。他可以发誓，那是遇到生命危险的人才会发出的叫喊声。

摆在手枪旁边烟灰缸里的烟蒂微微地燃烧起来了。

“后来呢？”他问道。

“后来，后来，后来……”塔克斯一边踩着古怪的舞步，一边说，“后来来了一只大象，它的鼻子很长，他用鼻子喷气，不让我把故事讲完。她无法继续骑车。我还试图把她拖到我自行车行李架上，后来还想把她藏在灌木丛里。但当德寇到达时，一个女人从窗户里大声喊叫，说我们在那儿。她把手枪给了我，吻了我，一切就结束了。我还开了几枪，然后溜走了。后来，在战争结束之前，我还曾试图报复那女人，但没有成功。估计她现在还在什么地方活着，做了可爱的奶奶。”他把枪从桌子上捡了起来，像古董商估量宝贵首饰的价值那样用手掂了掂它的重量。“我真想带着它找她谈话……‘晚安，夫人，您好吗？家里一切好吗？孩子们好吗？’”他把手指扣在扳机上，从不同方向看了看这武器。“你还可以用它射击，你知道吗？战后你岳父和他的朋友们曾让我把它上交。现在我是可以受处分的。如果作为纪念品你可以把它留下来，但你必须把枪杆子焊死，我却不愿意那样做。你总不知道哪一天还得用它开枪呀，”他说着并看着安东，“开最后一枪。”他放下了枪，好像听到什么声音似的举起了手指。“你听见了没有？她好像在哭。任何一个母亲对自己娃娃的照顾都超不过德吕丝对那把枪的照顾……”他好像要流眼泪了，但眼泪并没有流出来。“你知道吗，”他没有改变音调地突然说，“我曾经看了一部这样的电影，有一个男人，他的女儿被一个家伙强奸了，杀死了。那个家伙被判了十八年徒刑，那个男人发誓说，在那个家伙获释的那天，他就要打死那个家伙。大约八年后那家伙自由了：减了刑，表现好，大赦。不是吗？那男人口袋里塞着手枪在大门口等着他，然后你却看到他们一整天都在一起走路和交谈。最后他没有打死那家伙，因为他明白了另一个人也是一个可怜虫，也是环境条件的受害者。”楼上电话铃响了，塔克斯慢吞吞地走到门口，同时结束自己的故事：“最后的镜头：那男人站住了，看着那个家伙提着皮箱沿着森林里的一条小道离去。这时他背上出现了一个白点，它慢慢变大，并组成了英文的剧终。那时我非常肯定地一件事：那就是，不管他多么理解另一个人，当时那男人都应该掏出手枪来，朝另一个人的背开枪。这是因为他女儿不是被环境逼死的，而是那个家伙打死的。如果你不那样做，你实际上在强词夺理，所有在恶劣条件下生活的人们都是潜在的强奸犯和杀人凶手。我马上回来。”

地下室变得安静了，然而，塔克斯制造的充满暴力的气氛继续像听不见的回音一样笼罩着地下室。坏霓虹灯在轻轻地噼噼啪啪地响。安东背向着手枪在桌边坐下来，然后看着北海上的嘴唇。他想把自己的嘴唇吻在它上面，但不敢这样做。那张照片、那张脸微笑地看着他。不管他在哪儿，她一直在盯着他，虽然她的眼睛完全保持不动。她可以同时看几百人，她永远会像拍照时那样看着每个人，她永远不会变老，而且她自己什么也看不见。就是这样，她在黑暗中用莎斯基娅的眼神看了他，看了他周围的东西，看了他内心的东西。当时她受了伤，她刚刚打死了一个杀人犯，这时正是她将遭受谁也不知道什么样的严刑拷打和在沙丘地被枪毙的前夜。他用双手捂住了脸上她曾摸过的地方，然后闭上了眼睛。世界就是地狱，他想，就是地狱。即使明天在地球上建立天堂，由于过去发生的一切，它也不可能是天堂。它永远不会变好了。宇宙里的生命是一件失败的事物，是很大的失败，假如它没有形成，一切才会更好。只有它不再存在，也就再也没有关于那些死亡前叫喊声的回忆，世界才会重新变好。

他突然闻到了很臭的气味，睁开了眼睛。蓝色的烟像一根小柱子直直地从烟灰缸里往上升起。他把自己剩下的一点威士忌倒在灼热的那一团东西上，但这只使臭味变得更浓。他看见在角落里，在矮矮的正方形水池上面，有一个水龙头，但当他把烟灰缸拿起来时，他烫着了自己的手指。他端着杯子走到水龙头那儿，让水顺着他的手指流下去；过了一会儿，他把杯子里的水倒入烟灰缸，缸里便形成了肮脏的、黑色的一团泥巴样的东西。烟一浪一浪地升到了很矮的天花板。他徒劳地试图打开窗子，接着走出了地下室。在走廊里他想起了桌子上的手枪，扭头发现钥匙还插在门锁里，所以就把门锁上，然后上楼去了。

塔克斯在自己屋子里往外张望。话筒挂在电话机上。外边传来了人群的叫嚷声和警报器发出的声音。

“给你钥匙，”安东说，“下面很臭，烟灰缸里的东西烧起来了。”

塔克斯没有把身体转过来。

“你还记得那男人吗，”他问道，“还记得昨天在咖啡馆里坐在我旁边的男人吗？”

“当然，”安东说，“那是我。”

“坐在另外一边和我说话的那个男人。”

“有点印象。”

“他今天自杀了。”

安东觉得，他已经忍受到极限了。

“为什么？”他像吹耳边风那样轻轻地问，虽然他完全不想吹耳边风。

“他遵守了诺言，”塔克斯说，但这话好像不是对他说的，“一九五二年拉格斯获赦时，他说过：‘以后他们还会释放他，可是到时我要自杀。’我们一直笑他，说这样一来他能像玛土撒拉[①]那样长寿……”

安东看了看他的背，然后转身走出屋子。穿着睡衣的老汉走了。在一扇门后面，收音机一个使人心碎的声音在唱英文歌曲：

送给悲伤的夫人的红玫瑰……

① 玛土撒拉：《圣经》里的人物，活到了969岁。

# 最后一幕

一九八一年

# 一

后来……后来……后来……时光在流逝。“至少那件事过去了，用不着向后看，”我们说，“可是，我们前面还有一些什么事呢？”按照我们的语言习惯，我们面对着未来，却背朝着过去，多数人也有这种体会。未来在他们前面，过去在他们背后。对强有力的人物来说，今天的世界便是一艘船，它在汹涌的大海上乘风破浪向未来航行；对稍微消极的人们来说，它更像是在一条河里平静地随波逐流的木筏。这两种比喻当然都有点古怪，因为如果时间是一种运动，那么它应该是在第二种时间中运动，以致形成了无数种时间。思想家们很不喜欢这一类想象；然而，感情引起的想象本来就同理智没多大关系。认为未来在他前面而过去在他背后的人，其实还以另一种方式干着一些让人无法理解的事情，对他们来说，各种事件早就以这样那样的方式在未来存在着，它们在一定的时刻抵达今天，最终却在过去停止发展。

因此，希腊人谈论未来时，他们就说：“我们背后都有一些什么呢？”从这种意义来说，安东·斯坦维克是个希腊人。他也是背对着未来和面向着过去的。他有时进行一些关于时间的思考，他没有看见各种事件从未来经过今天走到过去，却看见它们从过去发展成为今天，然后走向茫然不知的未来。这种时候他都会想起在舅舅家阁楼上做过的人造生命试验！他往硅酸钠的溶液（这是一种粘稠液体，战争初期他母亲用它保存鸡蛋）投进了几颗硫酸铜结晶——这些结晶是蓝色的，令人难忘，很久以后他在帕多瓦乔托[①]的壁画里看见了这种颜色——接着它们开始像一团蚯蚓往四周扩展，因溶液的渗透而膨胀，又往外突起，从没有生命的、无色的硅酸钠溶液里伸出越来越长的蓝色的分枝来。

他是同第二个妻子丽丝贝特一起去帕多瓦度蜜月的。那是一九六八年，与莎斯基娅离婚之后一年。丽丝贝特学的是艺术史，在他工作的医院里兼职行政工作——那家医院什么都不好，除了他在那儿挣钱多一些之外。她父亲是战前不久结婚的，作为年轻的政府官员被派遣到荷属东印度去了，在那儿却被日本人关进了集中营；他也在缅甸的铁路工地上劳动过，但他同安东一样很少谈战争中的经历。丽丝贝特是在他们回国后不久才出生的，同上述一切完全无关。她的眼睛是蓝色的，头发却是深褐色的，甚至偏黑色；虽然她从未去过印度尼西亚，亲属中也完全没有印尼血统，但她的面孔和举止都有一些东方人的特点。安东有时自问，李森科[②]关于后天性特征可以遗传下去的说法，会不会还有合乎真理的地方呢？

结婚后一年，他们的儿子降生了，他们给他起名“彼得”。因为莎斯基娅和桑德拉继续住在老房子里，他在阿姆斯特丹南城买了另外一幢有花园的房子。当他抱起自己的儿子时，他意识到，这个孩子离第二次世界大战比他自己离第一次世界大战还要遥远得多——而

---

① 乔托：意大利画家，佛罗伦萨画派的创始人，也是文艺复兴的先驱者之一。

② 李森科：苏联农学家，李森科主义对苏联及其社会主义阵营国家（包括中国）的生物学尤其是遗传学的发展，产生极坏的影响。

对他来说，第一次世界大战又有什么意义呢？比伯罗奔尼撒战争[①]更没有意义。他意识到，这对桑德拉也一样，但他过去从来没有想到这一点。

从那时起，他每年都在托斯卡纳度假，每次住在离锡耶纳镇不远的小村庄，他没花多少钱买了一幢宽敞的老房子，然后请了当地的建筑公司改造它。房子后的墙壁是一座挖开了的小山，有的地方还可以看见岩石，一块有纹脉的褐黄色带状岩石歪斜地把墙壁上涂的白灰分成两大块。他很喜欢把手放在那块岩石上，觉得这样好像是坐在屋子里却抓住了整个地球。圣诞节期间他们驾大面包车到那儿去，从此他实际上只是为了度假而活的，每度完一次假期，他又在等待下一次假期。坐在平台上橄榄树下的阴影里时，他眺望着青山上的葡萄园、柏树、夹竹桃和到处砌着城垛的方塔——真是奇特的美景，它不仅是它自己，一会儿是文艺复兴的舞台，一会儿又是古代罗马历史的背景，不管怎么说，它离哈勒姆和一九四五年闹饥荒的冬天很遥远，很遥远。他还没有四十岁，却已经开始考虑在彼得离开家后就在这儿定居。

后来他拥有了四幢房子。因为定居意大利前暂时还得在荷兰有个地方去度周末，他在格尔德兰省买了一个小农庄，是德赫拉夫介绍他去看的。只要度假时间不冲突，莎斯基娅和桑德拉当然也可以住在农庄里，这如同他们可以住在托斯卡纳那幢房子里一样。莎斯基娅同一个双簧管演奏家重新结了婚，他比她稍年轻一点，国际上很有名气，整天乐呵呵；他也带来了一个孩子，渐渐地也拥有自己

① 伯罗奔尼撒战争：公元前四三一—公元前四〇四年雅典及其同盟者与以斯巴达为首的伯罗奔尼撒同盟之间的战争。

的几幢房子。德赫拉夫夫人对这一婚事不太满意；可是莎斯基娅一向同她的朋友们不同——那些朋友们都是一些穿着百褶裙和平底鞋、脖子上围着丝绸围巾和挂着珍珠项链的姑娘，他们的等级观念很强，除此而外他们的思想很贫乏。偶尔他们四个人带着三个孩子一起到意大利去度假。如果这时安东和莎斯基娅之间仍然存在着某种默契并有所表露的话，丽丝贝特有时有点恼火，但莎斯基娅的丈夫只是笑一笑：他非常明白，这种默契也是促使他们离婚的原因之一。丽丝贝特在他们四个人中间是最年轻的，很多事情她不理解，但同时因为这样那样的缘故她又比其他三个人威信高。有时她被称为“妈妈”，安东听了很高兴。

随着年岁的增长，他的头痛病好像有点减轻，但到了四十岁时，在长达一年的时间里他遇到了其他的困难：他觉得没有精神和疲劳，睡觉时因做噩梦而休息不好，睡醒后感到忧心忡忡和害怕——他觉得一切都不对，那四幢房子，他离开了的桑德拉，一切，一切都不对。他觉得自己很失望，失望的念头在他脑子里不停地转来转去，就像秋天从树上落下来的叶子随风飘荡那样。迄今他只是在自己的病人死于治疗时才有过这种情绪：一个人突然变成了一堆废品。这时他会站起来，大家也都沉默地站起来，各种仪器被关掉，他用一只手取下口罩，用另一只手摘下帽子，拖沓地、略微歪着头地走出了手术室。后来，在意大利的炎热的一天，他突然陷入了一场精神危机之中，这几天不但是那几个月中最困难的日子，而且也是困难迎刃而解的日子。

因为村子里的肉店一向只卖小牛肉，所以丽丝贝特一早就带着彼得到锡耶纳去了。一般是他自己进城买东西的，虽然这只是因为他喜欢在广场的小平台上闲逛——外型像只贝壳的广场举世无双，周围的建筑物有几个世纪的历史了，它们证明建筑艺术也没有什么进步。但那天早晨他觉得不舒服，宁肯留在家里。他在家看书，却突然觉得很寂寞。他的视线转向了桌子上形状像个骰子的白色打火机，那是丽丝贝特的父母亲赠送给他的。他忐忑不安地穿过大小不一、粉刷了白灰的房间，顺着台阶不一样高的螺旋状楼梯上上下下，有时试着坐下来，但一坐下就觉得更糟糕，因此又站起来了。可是，什么东西更糟糕呢？他哪儿也不痛，没有发烧，一切很正常，同时又都不正常。他希望丽丝贝特和彼得回家——他们必须马上回来。他灵魂深处正在发生一件他不明白的事情。他着急地走到平台边上，但在深深的山谷里，农村的小路上一个人也没有，小山丘上有一座倒塌风车，小路在后面消失。他回到房子，从前门出去了，顺着高高的石梯爬到了同房子屋顶一样高的马路上。丽丝贝特和彼得可能还在散步，但汽车没有停在村子里。村子里的广场上没有树，对这小村庄来说它显得太大了。整个广场好像被开水淹没了，只有一个穿着黑色制服的老汉和一个老太太，在教堂的黑色阴影下也坐着几个老头儿，但那老汉和老太太却在太阳下走动，在晃眼刺目的阳光下有两个烤焦了的人影。

而现在，正当他站在那儿时，一座灰色的大山海啸般地升腾起来了，接着在他周围崩溃。他跳下台阶，很响地把门在自己背后关上，浑身发抖地张望四周。静止不动的、涂了白灰的墙壁好像往他脸上发射出白色的子弹。旋梯的弯曲栏杆，粗糙的木柱子，一切都变成了危险的东西，都好像在撬开他头脑里某个东西似的。后墙里的那块岩石从石灰中崩出来，冲到他脑袋里。他双手按住胸脯走到平台上：柏树，山上的柏树都冒出黑色的火焰来。他发现自己牙齿一直在打战，像刚从海水里出来的小孩子那样，但他对此毫无办法。

是世界出了问题，不是他出了问题，小蝈蝈在叫，他气喘吁吁地又回到了房子，看见了红色的地砖。在开放式壁炉的上方挂着他的旧镜子，就是那面有两个镀金小孩的镜子；他注意到了骰子的黑眼儿。他知道必须控制自己，要控制呼吸，不要被搞垮。他在桌子边的一把直背椅子上坐下，这是一把典型的意大利小椅子，坐垫是草编的。他用双手捂住了鼻子和嘴巴，闭了眼睛，试图放松自己。

他一动也不动，但全身在打战，像地震时的塑像那样。过了会丽丝贝特她们回来了，看见他的目光后，她没有问要不要请医生来，而是立即这样做了。安东看着彼得，试图笑一笑，接着他看了看丽丝贝特放在桌子上装满了东西的提包。上面有一个小包，包装纸松开了，像一朵花翻开着，血淋淋的一块肉暴露出来了。

医生立刻来了，他反复说，对这类事情用不着吃惊。他给安东打了一针，让他睡了十五个小时，第二天睡醒后精神抖擞。医生给他开了药方，叫他发病时再服药，他却立即撕了方子，并不是因为他可以自己开处方，而是因为他知道，一旦开始吃药，就会一辈子不停地吃药。此后他的病又发作过几次，但越来越轻，最后完全不发作了——好像撕毁处方使病魔害怕似的，通过撕毁处方他表示了谁是主人。

只有他的房子和从平台上可以看到的风景遭到了破坏。从那天下午之后，它们再也不那么完美无缺了，就像一块伤疤使一张美丽的脸蛋变得丑陋。

时间继续流逝。他头发变得灰白了，但他没有秃顶，如同他父亲那样。在他周围，人们从外表上无产阶级化了。他却继续穿英国制造的外套和方格衬衫，还打了领带。他逐渐达到了现在的年龄，这时他注意到，一些老人是他过去就认识的，而那时他们的年龄正好同他现在的年龄一样。这一发现使他感到吃惊，因为这使他开始用另一种眼光看待老年人和年轻人。有一天他的年龄超过了父亲死时的年龄，他觉得违反了某种规定，会遭到指责的。拉丁语中有个成语说：一个伟人可以做的，普通人不一定可以做！从前他说话从不使用成语，例如从不说“木已成舟”，或“青出于蓝，胜于蓝”，或“得鱼忘筌”，但现在到了这个年龄，他觉得，这些成语常常准确地表达了实际的情况。他发现这些成语不是简单庸俗的套话，而是浓缩了几代人生活经验的精华。它们没有包含造反者的智慧，因为他们没有智慧，但他从来不属于造反者的行列。这种情况被他避免了。

舅妈去世后，他把她的照片安在像框里，把它摆在办公桌上舅舅照片旁边。不是在他几幢房子之一，而是在他医院的办公室里。在七十年代第二个五年里德赫拉夫也过世了。来出席火化仪式的人比出席前一次仪式的人少得多。亨克来了，他的胡子发白了，还有亚普，他梳成大背头的头发已完全发白，但部长和市长都已经死了，牧师、诗人和出版商也如此。塔克斯也没来，安东从那次拜访他后再也没见过他。他打听其情况时，大家都告诉他塔克斯还活着，虽然近几年来谁也没有听到他的音信。几个礼拜前，安东的前岳母也逝世了。他第二次到了火葬场，站在桑德拉和莎斯基娅旁边看着棺材降入火坑里。他感到奇怪为什么没有把她那根套着银手柄的、闪闪发亮的、黑色的手杖放在棺盖上，就像一位将军葬礼上的做法那样。

虽然每隔一段时间出版的新书，新的电视节目，使战争题材不过时，但人们逐渐地还是开始觉得战争已经过去了很久，如果可以这么说的话。普鲁赫被暗杀这一遥远的历史事件像地平线后面很远的东西越来越模糊不清，成了古代的可怕童话，除了安东自己而外，几乎没有其他人知道此事。桑德拉十六岁时，有一天很想去看看自己奶奶和爷爷被杀害的地方。无论莎斯基娅还是丽丝贝特都觉得这一想法不好，但安东觉得没有什么行不通的，在五月一个星期六的下午带她到哈勒姆去了。他们沿着有四条车道的公路驱车远行；一路上经过了没完没了的住宅区，现在这里都是公寓，而从前是挖泥炭的基地，还驶过了三层立体高架桥，为了建这些公路桥运河都被填平了。他大约有四分之一世纪没来此地，他甚至从来没让莎斯基娅和丽丝贝特来过。

他们到达了那块地方。他笑起来，缺牙齿的嘴巴里填了一颗金牙。在从前他家房子座落的位置，在剪修得整整齐齐的草坪中央盖了一幢白色的美国式矮顶平房，它是按照六十年代的风格建造的：宽敞的窗户、平顶和后来添盖的车库。在篱笆处钉着一块木板，上面写着：出售。他一眼看出博默尔一家的房子也翻修一新了，楼下现在是一个很大的房间，一侧是新修的、宽敞的、直通屋顶的落地窗。最右边的房子，即原先阿尔兹的房子，花园里也立了个牌子，上面写了一位公证人的名字。老房子们都已经没有了以前的名字，他费劲地回忆哪一幢房子叫“好地方”，哪一幢叫“安宁斋”。他立即回想起的，却是科特维赫一家的“想不到”。在四幢房子两边立起了别墅，而在它们后面的空地上建成了新的住宅区，包括街道和其他设施。在运河对岸，以前直到阿姆斯特丹都是草田，现在阳光照耀下的却是完全崭新的城区，有住宅大楼、办公大楼和宽阔热闹的马路。只有紧挨着水边还剩几幢旧房子，稍远一点有一座风车。

他告诉桑德拉这里曾经是什么样的景象，但他发现她无法想象出来。同理也无法让她理解闹饥荒的冬天意味着什么。在铺路石拼成鱼刺图案的马路对面，他试图描绘“别有情趣”的样子，这时他神话般地穿过新的房子看见了盖着草顶、砌着凸肚窗的旧房子。这时一个穿着牛仔裤、赤着上身的男人从平房里走出来，问能不能帮什么忙。安东说给女儿看看以前的老屋子。这时那男人说他们完全可以到房子里头看看，他叫施托默尔。桑德拉带着怀疑的目光看着父亲：他过去住过的不会是这幢房子吧？安东却撅了嘴巴，闭了一下眼睛，她由此明白了不要再问什么了。他注意到了，施托默尔看来以为他们想买这房子。过马路时，他扫视了一下曾经那件事发生的地点，但他现在已不能准确地找到它。

房子里头每间屋子都很宽敞而明亮。曾经的走廊、客厅和在灯下摆着饭桌的饭厅都狭窄而黑暗，现在从地板涂了漆的厨房直到立着的一架钢琴，都铺了浅蓝色的地毯。在一个角落里两个小男孩俯卧在地上看电视，他们没有转过来看他们。施托默尔也给他们看了房子后面添盖的明亮的卧室，他告诉他们这幢房子是他五年前买的，因为某些原因现在很可惜要卖掉，但他愿意赔点钱。他们在花园里散了会步。他曾经经常穿行爬到邻居家的篱笆已经不复存在了；住在以前“想不到”的邻居是皮肤黄红、上了年纪的男人和白头发的印度尼西亚太太，他们坐在花园里一把太阳伞下面。经过了一段时间安东才意识到了，他们就是那对有两个可爱小孩的年轻夫妇。后来施托默尔夫人也出来了，她特意地打扮了一下，自我介绍说是“施托默尔夫人”。她过分客气地表示要给他们准备喝的东西，但安东感谢他们让他和女儿看了房子，然后告辞了。在握手之前，施托默尔很快地在裤子边上擦了一下手，但擦掉的只是手上一点脏汗水。

桑德拉把胳膊挎到他的胳膊上，然后他们散步到码头末端的纪念碑去了。一条铺了木板的小路代替了以前的纤道，杜鹃花已长成很厚的一堵墙，长势很旺盛的一串一串的花覆盖着它，站在杜鹃花中间的埃及女人石像已经开始风化。桑德拉疑惑地看着铜牌上刻着的她的姓，显而易见，她从来没有弄明白过去发生的事情。与此相反，安东看着他母亲姓名下面的名字：亚·塔克斯。他记得塔克斯说过他最小的弟弟是人质之一，但安东从来没有想到他的名字因此也会被刻在这铜牌上。他点了下头，桑德拉问有什么事。他说没事。

他们在哈勒默豪特找到一家饭馆，里面挤满了人，在平台上坐定，安东第一次给女儿讲了那天夜里在海姆斯泰德警察局地下室同德吕丝·科斯特尔的谈话，同时他想起了自己一次也没有回去过，而且现在也不会回去。这家饭馆从前是德军军区司令部的车库（在军区司令部的所在地现在盖了一幢新的银行大楼）。桑德拉不明白父亲为什么在谈到德吕丝时态度那么热情，所发生的一切，实际上不都是应归罪于她吗？安东觉得自己非常疲惫。他摇了摇头，说："每个人都干了自己该干的事，并没有干任何其他的事。"就在这同一个时刻，他十分肯定地回忆起德吕丝·科斯特尔过去对他说的这句话，甚至这句话每个词，或者几乎每个字母。接着他在差不多三十五年之后突然听见了她的声音，它很轻，并且非常遥远："……他以为我不爱他……"他一动也不动地听着，周围变得很安静，他听不见其它任何杂音。他眼睛湿润了。一切还在这儿，任何东西都没有消失。高大笔直的山毛榉树之间的阳光和安宁景象，原先油船码头上的一排小树，它们都还在那儿。他正是在这儿同舒尔兹一起上了卡车，当时在下雨，雨滴像冰凌那么冷。他感觉到桑德拉把手放在他胳膊上，他把自己的手放在她的手上，但不敢看她，因为看了她可能会让他哭起来。桑德拉小声地问他有没有看过德吕丝的坟墓。他摇了头，她建议现在就去看。

桑德拉本来想在花店里用自己的钱买一朵红玫瑰，但她带着一朵紫得发蓝的玫瑰从花店里出来。然后他们驱车到沙丘中间的烈士陵园。他们把汽车停在几辆汽车旁边，沿着崎岖的小道，朝着在一座山丘顶上飘扬的国旗方向爬去。可以听见的声音只有灌木丛里的小昆虫的嗡嗡叫声，后来还有迎风飘扬的国旗发出的啪啪声。

一块正方形墓地被围墙围着，数百人的坟墓在一块块长方形的小草坪上有序地排列着，每块小草坪周围是耙得整整齐齐的小沙地。一个男人拿着橡皮管子喷水；四处一些老人在整理坟墓上的花，或坐在板凳上小声说话。一堵高墙上钉着铜牌，上面刻着悼词和一些人的姓名，在墙的阴影下也坐着几个人。谁也没有把安东认出来。这时他意识到本来指望能在这儿见到塔克斯。桑德拉问了园丁是否知道德吕丝·科斯特尔的坟墓在哪儿，他想也没想就指了他们旁边的那座坟墓。

卡塔琳娜·葛德吕塔·科斯特尔

生于一九二〇年九月十六日

卒于一九四五年四月十七日

桑德拉把她的紫色玫瑰花放在灰色的墓石上，他们并肩站在那儿看着坟墓。在安静的环境中，国旗发出的啪啪声和绳子拍击旗杆的声音，听起来比任何哀乐更令人悲伤。在地下的土里，现在比以前更黑暗了，安东想。他望了望四周，战争造成的灾难派生出这里的一块块草坪，它们像几何图形那样清晰明了。他想，我必须去找塔克斯，如果他还活着的话，告诉他德吕丝爱过他。

然而，当他第二天下午来到纽寨弗堡码头时，他发现“水獭”已被拆掉，而且看来是很久以前拆的，因为在涂了绿漆的木板围墙上已贴了好几层广告和招贴画。在电话号码簿里也找不到他的姓名，安东无可奈何地停止了找他。

只是两年后，在一九八〇年五月五日，安东才偶然地在电视里看见他，那是在纪念打败法西斯的节目里，安东开电视机时那个节目已经快结束了，塔克斯的头发和胡子完全白了，脸上布满了皱纹，但它给人深刻的印象。安东只是因为屏幕上出现了他的姓名才把他认出来：

科尔·塔克斯

抵抗战士

“别胡说八道了，”他对坐在沙发上身旁的一个人说，“战争完全是一场极大的灾难。其实我完全不愿再听你们谈论战争。”

与此相反，安东越来越经常地在城里看见小小的白色面包车，车身侧面用红漆写着：

伐克·普鲁赫

卫生设备有限公司

## 二

大海总是把从船上掉进水里的东西都冲到海岸上，而沙滩上捡破烂的流浪汉每天在黎明前收集这些东西。一九四五年战争中的那一夜在他生活中又重现了一次。

一九八一年十一月下旬的一个星期六，他因为牙齿痛得无法忍受而醒来，并且觉得必须立即看医生。九点钟他给一位牙科医生的诊所打电话，二十多年来一直是这位医生给他看牙，诊所里却没人接电话。犹豫片刻后他拨了那位医生家里的电话号码。牙医说他应该服一片阿司匹林，因为今天他不想治牙，因为过一会儿他要去参加示威游行。

“示威游行？反对什么？”

“反对核武器。”

“可我痛得受不了了！”

“这么突然，怎么回事？”

“几天来我一直觉得它会发生的。”

“那么为什么没有早点来找我？”

“我在慕尼黑，参加一次学术会议。”

“参加学术会议的尊敬的麻醉学同事们难道没办法治牙痛？另

外，你不需要参加示威游行吗？”

“对不起。请别折腾我了，我对它毫无兴趣。”

“哦？治牙痛你倒有兴趣？听着，朋友。今天也是我一生中第一次参加示威游行。我愿意帮助你，但条件是你也得参加游行。”

“你要我干的我都干，混蛋，只要你帮助我。”

牙医叫他十一点半到他的诊所去。牙医的助手不在，她也去参加示威游行了，但他会想办法的。

但这样他就不能去格尔德兰度周末了，他从德国回来后本来就高兴地盼望着这一周末。他告诉丽丝贝特，她只能同彼得两个人去度周末，但她表示对此建议不予以考虑。她摆出一副护士的样子，给他端来了一只小碟子，上面放着煮咖啡时用的圆形过滤纸，而纸上摆着大约一厘米长的、褐色的一段枯枝，这枯枝尖上长着很小的花萼和球状的果实。

“这是什么？”

“丁香。把它塞进病牙。他们在印度尼西亚一向是这样治牙病的。”

他猛地几乎热泪盈眶地紧紧地把她抱住，她却觉得这种做法有点过分：

“唉，东尼，别这样撒娇。”

“可惜我牙齿里没有洞，我不知道有什么毛病，但我会把丁香吃下去。”

但他没能把丁香吃下去，因为他咬不动它。彼得一直在盯着他，而他痛苦得张着嘴巴在房子里来回走，那样子活像药店大门上面挂的张嘴打呵欠的头像[①]。他想到等会儿要参加的为保卫和平的示威游行。他在报纸上看了一些关于这次游行的消息，它将是欧洲规模最大的一次游行，但他并没有考虑要不要参加；他是像看气象预报那样看这些消息的。生活中这种事情很多。二〇〇〇年越来越近，像一千年前那样，人们日益害怕发生毁灭性的大灾难。原子弹是用来威吓的，为了保卫和平，不是为了打仗。如果取消了这种矛盾的东西，爆发一场常规战争的可能性会变得更大了，在战争的最后阶段，核武器还是会被使用起来的。另一方面，美国那个老人的声明使他感到难受，那老人说，打一场有限的核战争还是可以想象的，而且要在欧洲打，但那将是全面的战争。使他后来感到宽慰的是俄国老人说的话，这个老人说，根本谈不上在欧洲打仗的问题，因为他无论如何会消灭美国。然而，这也意味着不应该取消核武器。

他喝了丽丝贝特给他泡的花茶，并坐在长沙发上试图通过玩填词游戏消磨时间。太阳神不能用更好的词描写废墟吗？打一个名词。他觉得每当把上下牙齿合拢时就仿佛不能思维了。他死死地看着那句话，觉得答案不会太难的，却想不出来它是什么。牙医的诊所离他以前的家不远，到了十一点钟时他决定步行到那儿去。

天气很阴凉。他痛苦得好像有人把一颗螺丝拧进颌骨似的，穿过越来越热闹的马路，远处有一架直升飞机在空中盘旋着。再往前走一段路，马路上完全没有汽车或电车行驶了，看来整个市中心被封锁了，甚至在快车道上都是朝一个方向走的人群，他们当中很多人举着大标语，也有外国人。他看见了一些显然经受过战争考验的男人，他们扎着头巾，穿着阔腿裤子、系着可以挂东西的大皮带，

---

① 打呵欠的头像：欧洲国家旧药店经常挂这样的头像，把它当作卖药行业的象征。

只不过皮带上并没有挂手枪和弯剑，他们可能是被自己祖国驱赶出来的库尔德人，他们在写着阿拉伯文口号的横幅标语牌后边，迈着在沙漠里锻炼出来的轻松步伐，边唱边笑地行进。即使口号的意思是号召人们进行伊斯兰圣战，也没有人会懂得它的意思。城里的马路很快完全挤满了人，他是在一九四五年五月最后一次看见马路上有那么多人，一批一批的人群从四面八方向博物馆前的广场涌去。因为想到了一会要挤到人群中去，他牙齿痛得更厉害。万一有人挑衅，万一群众惊慌失措，这儿会出现什么样的情况呢？现在阿姆斯特丹什么事情都可能发生！幸亏除了那架直升飞机外，到处都看不见警察。

到达诊所后他按下了门铃。没人开门，他因天气冷（或谁知道什么其他原因）而有些发抖，但只能在台阶上等着。太阳神当然是指古埃及的太阳神，这不会错。其他字母是什么？应拼成什么词儿呢？……远处人群川流不息地穿过他所在的一条小马路。几分钟后，牙医一颠一跛地、被妻子搀着散步回来了。安东笑起来了。

“你发福了！”

“行，你笑好了，”安东说，“你是什么医生，盖里特·杨。竟诈起病人来。”

“一切是为人类服务。这完全合乎希波克拉底[①]的精神。”

为了参加游行他特地穿上了封建色彩的猎人服装：灰绿的上衣、绿色的灯笼裤、深绿色的袜子。他跛了的一只脚现在比任何时候更容易看得见。当他们走进治疗室时，电话铃响了。

“不会的吧？这不会是真的，”范雷讷普说，“没时间再给一个人

① 希波克拉底：古希腊医师，西方医学的始祖，被称作“医学之父”。

看牙了。”

是丽丝贝特打来的电话，彼得最后还是想参加示威游行。安东说，只能让他骑车来诊所，然后在诊所外头等着。范雷讷普把上衣扔到自己助手桌子上。

“让我瞧瞧，朋友。哪一颗？”

牙医的妻子上厕所去了，因为等会儿无法再上厕所。这时牙医把灯照到安东的嘴巴上，用手指摸了摸病牙。安东的脑袋里一阵剧痛。牙医拿了一张灰色纸条，把它放在病牙上，嘱咐安东小心地咬住它，然后慢慢地左右移动。牙医又看了一下牙，从钩子上取下了电钻。

“从我的职业经验来说，”安东说，“我希望你打个麻醉针。”

“你疯了。根本没事儿，张嘴。”

安东把双手手指叉在一起，然后盯着牙医梳到脑袋两侧的白头发。紧接着又是一阵剧痛，安东呻吟起来，它持续了两三分钟，然后范雷讷普说：

“闭上那张嘴吧。”

奇迹发生了。疼痛完全消失了，安东觉得好像牙齿根本没有痛过。

“上帝呀，这怎么回事儿？”

范雷讷普把电钻挂在钩子上，并耸了耸肩膀。

“有点发炎。有点肿。人老了。漱漱口吧，我们该走了。”

“弄好了？”他妻子进屋子时惊奇地问道。

“或许他以为，”范雷讷普歪着嘴巴笑着说，“我们的协议现在无效了。但他错了。”

当他们在外头等彼得时，安东说：

“你知道不知道，盖里特·杨，这是你第二次要求我采取政治行动？区别在于这次你自己也要参加这一行动。”

“那么第一次的要求是什么？”

“当时你认为我应当志愿报名去朝鲜服役，去参加西方基督教国家反对共产主义野蛮人的斗争。”

范雷讷普的妻子抑制住了自己的笑声，范雷讷普则盯着他几秒钟，什么也没说。在离这里几条街远的地方扩音器大声地播放着一个人的讲话。

“你知道不知道你的问题在什么地方，斯坦维克？你的记忆太好了，你呀。在关键时刻诈人的是你。我完全没有成为共产党人，像你想象的那样。我怎么会呢？两角钱的钞票不会变成一角钱的钞票。但是，那些核武器现在已成为人类面临的最大的危害。你应当把这看成来自太空的一种进攻；他们仅仅是在利用人类。每次新的武装浪潮被说成对另一方的遏制，接着另一方又对此做出遏制。这样他们双方不停地互相推卸责任。就这样，那些东西制造得越来越多，到了某一天它们就会爆炸，这是毋庸置疑的。从统计学角度来说，这是不可避免要发生的。这同亚当和夏娃总有一天要吃善恶之树上的禁果那样肯定。所以要宣布那些苹果大降价。”

安东点了头。这番讲话使他摸不着头绪，但牙科医生本来都是疯子，这是医务界里众所周知的；或许这种说法确实有点道理。彼得来了，他把自行车锁上，直升飞机在隆隆作响，从远处传来了人群的叫喊声，安东望着彼得，心里觉得美滋滋的，他惊奇地发现这种感情突然把他同城里的游行联系起来了。

在通往集会地点的最后一段路上他们几乎寸步难行。从音乐厅到国家博物馆，在一只形状像朝地球飞过来的导弹的巨大黑色气球下面，已经站着成千上万的人群，他们举着标语牌和宽达十米的横幅，这时仍有人群从四面八方涌来，这人群的队伍都有一条街道那么宽。拴在树枝和路灯杆上的喇叭里雷鸣般地播放着一个人的讲话，讲话的人看来站在远处的讲台上，但安东对他的讲话毫无兴趣。他突然关心的是来到这里的所有这些人和他们参加集会这一事实本身，以及他们中间的自己和彼得两个人。他已经看不见范雷讷普了，但他不想溜掉。事实上，现在他也不可能溜掉了。他们像麦田里的两根麦穗那样被夹在人群之中，刈刀在这个麦田般的人群的脑袋上面飞舞着，但安东再也不害怕。站得最靠近他甚至几乎贴着他的人当中除了彼得外，还有在卷烫的头发上包了块透明头巾的农村老太太、穿着褐色毛领皮大衣并留着大胡子和鬓角的彪形大汉和一个在胸前裹包着熟睡婴儿的年轻妇女。是他们，不是别人。忽然，他在写着反对核武器口号的标语之间看见了一块小牌子，上面写着：

约伯[①]：他们在这儿

他向彼得指了这一标语并告诉他约伯是谁。喇叭广播说，在刚过去的半小时内两千辆列车开进了阿姆斯特丹，这意味着又来了十万人。人们欢呼、鼓掌。广播报道说仍有数以千计的人从火车站里涌来，他们是用加班列车运来的，所有通向博物馆广场的路现在都堵塞了。然而，安东想着，能把一个人的声音扩大得这么响，这也完全同原子弹的存在相关。四十年前这类事情绝对办不到。地球

① 约伯：圣经里的人物，在神的考验面前一直坚定地敬神，神最后把剥夺的东西都还给他了。

上的事情可能比大家想的还要可怕得多，更难解决得多……

他究竟在那儿站了多久，这他事后也讲不清楚。彼得看见了一个同学，与安东打了招呼，一下子见不到人了。一瞬间，时间不长，安东想起了曾经建在这儿的地堡、德寇的“军人之家”和设在周围别墅里的德国机关。现在这里是美国领事馆、苏联商务代办处和法国的总银行。一些政治家受到欢迎，另一些遭到责骂。最后，人群终于一步一步地开始走动了。原先制订的游行路线看来不能容纳所有的人，因为示威的人群现在分几路朝不同方向进城了。安东被一种奇特的快感支配，他并不兴奋，却好像有点陷入梦境似的，这种情绪使他联想到很久很久以前战前的事情。他脑子里没有他自己了，只有那些人群。虽然这里闹得震耳欲聋，但却有很平静的气氛笼罩着他们。因为他们来到了这里，这里的一切都显得同平时很不一样，这一切不仅包括他自己，还有那些房子和它们的窗户、像投降的城市里挂在一些房子窗子前的白床单，以及把黑色的导弹气球吹得来回飘移并使它一会儿弯曲一会儿伸直的风。

一块标语牌上写着：

谢谢大家捍卫了未来

在广场一个角落，示威群众碰到了一股很宽的游行队伍，这些人想先走到游行的出发点那儿去。大家彬彬有礼地微笑着，客气地互相让路。他觉得难受，他原以为人们本来很不文明，或已经变得不文明。但今天的游行人们没有像他想的那样不文明，还是说，这些人恰巧都是那些尚未变得不文明的一部分呢？他必须感谢范雷讷普让他参加示威游行。他踮着脚走路并张望四周。他突然看见了桑德拉，于是大声地喊她的名字。他们互相招手，然后想方设法走到一块儿。

“我简直不相信我的眼睛！”桑德拉从远处就叫喊道，“好极了，爸爸！”她亲了他的面颊，把胳膊挎在他胳膊上，“你怎么来啦？”

“我想，我是唯一被强迫来这儿行进的，但我逐渐地变成了一个志愿人员。你好，巴斯蒂安。”他同她的男友握手，这是一个英俊的小伙子，他穿着牛仔裤和运动鞋，脖子上围着巴勒斯坦围巾，左耳垂上挂着一只金耳环——安东不太喜欢他，但他很快就会成为安东的外孙子或外孙女的父亲。桑德拉之前一个人租房住，但几个礼拜前开始和他同居，住的是周围筑起了街垒的，由青年人抢来的房子。安东把事情讲清楚后，巴斯蒂安说：

“不要以为你是唯一被命令跟着走的。到处都是警察。你看吧！”

一批士兵出现了，大家鼓掌欢迎他们。安东发现一些人一见到穿着军服的士兵就热泪盈眶；边唱边跳的一批男女青年把充满胜利喜悦的军人像宝贵的花篮一样保护起来了。安东对此不理解。

“这些小伙子是被迫参加的吗？”他的视线碰到了一位上了年纪的女士的眼睛，这位女士带着像认识他的目光看着他，他含糊地向她点了头。

“不，唉！看那儿，他。”巴斯蒂安指向了一个穿风雨衣的、把士兵的行动录下来的男人，“警察。”

“你真的这样想吗？”

“我们其实应当把录像机从他手中打掉。”

“是的，尤其应当这样做，”安东说，“他们正是在等待这种……这种会把事情搞坏了的行动。”

“当然不是故意的，”巴斯蒂安带着狡猾的笑脸说。安东听了非常不高兴。

“不是故意的，是的。你现在是一位孕妇的守护者，采取行动要考虑这一点。我希望能当爷爷，如果可能的话。”

“O. K.，”桑德拉带着唱歌的语调说道，“又该走了……再见，爸爸，我还会打电话。”

“再见宝贝儿，走吧。要在他们攻入那幢房子之前搬出来呀。再见巴斯蒂安。”

他们没有真正地吵架，只是互相刺激，这是经常发生的事情，几乎成了一个义务。

哪儿都见不到范雷讷普，也见不到彼得。他慢慢地跟着川流不息的游行队伍走。站在阳台上的老头儿和老太太举起了双臂用食指和中指打着英文V字形的手势，他们是在战争年代学会了做这手势的。各种乐队参加了游行，到处都有人在人行道上演奏音乐，没有一个人像往常一样收钱。整个社会看来都动荡了。一批穿着黑色绒裤和在跳蚤市场上买的发亮的肥大外衣的朋克高兴地在电车站台小亭子的顶上跳舞，他们剃成一撮一撮的头发都染成了黄色和紫色；周围的人温柔地看着他们，而在此刻之前他们还害怕这些朋克。只有天空还是老样子的。由飞机拖到天上的广告说，只有耶稣才能给人类以和平，还说，在卡弗尔街某号可以在一小时之内冲洗彩色照片。这时，两个十五岁青年扒到一辆停着的搬运公司的卡车驾驶室顶上，他们的标语牌上写着他们对和平游行的理解：

投在华盛顿的第一颗炸弹

有人面无表情地捂着嘴巴轻声咳嗽，但也有俄文标语，其中有的用俄文写着莫斯科。在远处所有的支路岔口，安东都看见其他的人流同他们的队伍相交叉——这里慢慢地在形成一件无法设想的事情。在他自己身处的人流中也有几股不同的支流，因为他不断地在自己周围看见不同的人。走到了斯塔德豪德码头的中段地带时，他突然被一排拿着拨浪鼓、穿着黑衣服、戴面具的人挤到边上去了。这些人的衣服上用荧光粉画上了骷髅，像中世纪患瘟疫的人那样，他们快速地朝前跑。他撞了一个人，道了歉：就是刚才盯着他的那个女人。她没有把握地微笑着。

“东尼？”她犹豫地问，“你还认识我吗？”

他惊奇地望着她：这是个大约六十岁的妇女，个子很小，头发几乎是白色的，眼睛是浅蓝色的，眼珠子有点鼓出来，眼镜的镜片很厚。

“请原谅……我一下子想不起来……”

“卡琳。卡琳·科特维赫。在哈勒姆住在你隔壁的小姑娘。”

# 三

曾经住在“想不到”的高大的黄头发女人闪电般地变成了站在他旁边的这位小老太太。他惊慌失措了。

“如果你不愿和我说话，你就告诉我好了，”她赶快说，“我马上就走。”

“不……我愿意……”他支支唔唔地说，“只不过……我感到太突然。”

“我已经认出你一段时间了，但如果你没有撞我，我永远不会同你说话。真的。”她一边仰头望着他，一边道歉。

安东试图稳住自己，他打了个寒战。如同在夏日海滨会突然被黑暗而阴凉的阴影笼罩那样，那见鬼的战争年代的一夜突然又浮现在他脑海里。

“不，算了，”他说，“既然我们已经在这儿走……”

“这看起来是命中注定的，”她说，并且从兜里敞开着的香烟盒里取出了一支香烟。他用手掌挡风点了火，她则把头凑近了他的手掌对火，然后瞧了他一眼，“正巧在这次和平游行……”

命中注定的……他一边不愉快地把打火机塞进口袋，一边想，看来普鲁赫躺在你们家门口不是命中注定的。从前那股怒火又升起来了，就是那股不曾熄灭的怒火：好像普鲁赫躺在他们家面前是命中注定的。他们并肩一步一步地走着。他感到不舒服。他可以很容易地走开，但他也知道身旁的女人可能比他自己更不好受。

“我刚才一眼把你认出来，”卡琳说，“你的个子同你父亲一样高，你的头发同他的一样灰白，但从某种意义上说你完全没有变。”

“我经常听到这种说法。这是不是好兆头，我不知道。”

“我总坚信有一天会遇到你。你住在阿姆斯特丹？

“是的。”

“我近一年来住在埃因豪文。”他保持了沉默。因此她问道：“你的职业是什么，东尼？”

“我是麻醉医生。”

“真的？”她惊喜地问，好像她一向希望他当麻醉医生似的。

“真的。你呢？还搞护理吗？”

因为想起了自己的情况，她似乎变得悲伤了。

“很长时间不搞了。我在国外待了很长时间，在那边做儿童的教育工作。后来在这里继续做了几年，但现在靠救济过日子。我身体不那么好……”忽然间她又用热情的语调问道：“那是你女儿吗？刚才同你说话的那姑娘？”

“是的，”安东反感地说。他觉得她同他生活的这一部分毫不相干——对它的存在她毫无功劳，相反，只是因为他逃脱了她所造成的灾难，它才存在。

“她像你母亲，你知道吗？她多大了？”

“十九。”

“她怀孕了，对吗？她的眼睛比她的肚子更清楚地显示了这一点。你还有别的孩子吗？”

“同第二个妻子生了一个儿子。”他向四周张望着，“他也应该在这里。”

“他叫什么名字？”

“彼得，”安东看着卡琳说，“他十二岁。”他看见她吓了一跳。为了帮助她稳定情绪，他问道：“你有孩子吗？”

卡琳摇了摇头，然后凝视着前面推着一位坐在轮椅里老人的一位女人的后背。

“我没有结过婚……”

“你父亲还活着吗？”问这问题时，安东发现它另有一种讽刺的含义，但他并不是故意这样做的。

她又摇了头。

“他早就过世了。”

他们相互紧挨着沉默地在人群中慢慢地朝前走着。人们暂时停止了喊口号，到处还可以听见音乐声，但在他们周围没人说话。卡琳想谈过去那件事，但他感觉到她不敢首先提起这个话题。彼得……永远只是十七岁；本来现在应当是五十四岁。这一结果与他自己的年龄相比，更使他意识到那件事是多么久以前发生的。走在他旁边的、已经变成了老太太的从前的年轻女人也使他意识到这一点。她从前曾使他兴奋，然而，那双形状像流线型机翼的美丽的腿，现在却因为老了而变得枯瘦干瘪。最后一个看见彼得的人可能是她。像一个开始写最后一章的作家那样，他既害怕，但又心情舒畅。他说：

“卡琳，听着。我们再也不要逃避这问题。你想放下包袱，我想听听真相。那天夜里究竟发生了些什么？彼得是不是逃到你们家里去了？”

她点了点头。

“我以为他来打死我们，”她小声地说，这时她始终没有把视线从她前面那人的后背转移开，“因为我们干了那件事……”她看了他一眼，“他手里拿着手枪。”

“是普鲁赫的。”

“这我后来也了解到了。他突然站在屋子里，样子很可怕。我们只点着油脂灯，但我看见他完全疯了。”在继续说话之前，她咽了一下口水，“他说我们是坏蛋，说要干掉我们。他惊慌失措，但不知道该怎么办，他们在追捕他，他不能走出我们的家。我告诉他要立即扔下那支手枪，我们会把它藏起来，否则如果等会儿德国人来了，他们可能会把他看成是杀人凶手。”

“当时他说了什么呢？”

卡琳耸了耸肩膀。

“依我看，他什么也没听见。他一直在挥舞着手枪，还注意听外边有什么声音。我父亲叫我不要说话。”

安东手搁在背后，继续慢慢地走着。他看着马路，皱了一下眉头。

“为什么？”

“不知道。没问过他，他后来一直不愿意谈那夜发生的事。”她沉默了一阵子，“但有人看见了彼得跑进我们的家，德国人会搜查我们家，当然会发现那支手枪。他们会立刻把我们当作从犯枪毙，那时都这么干。绝对不会先调查那东西究竟是怎么回事。”

“也就是说，你的意思是，”安东慢慢地说，“你父亲觉得，有人拿枪对准你们正是件有利的事，因为德国人会把这个人看成是杀人凶手……”卡琳难以察觉地点了一下头。于是他说：“这样才使他在他们心目中成了真正的凶手。”

卡琳没有回答。朝前运动的人群像一条水流缓慢的江河，一步一步地把他们带走。从一条岔道里走出来了一批大约十六七岁的小伙子，他们都剃了光头，穿着黑色皮夹克和鞋跟钉了铁钉子的黑色皮靴子。他们目中无人地挤挤攘攘横穿游行队伍而过，在马路另一边的桥底下消失了。

“后来呢？”安东问道。

“过了一段时间大批军队人马来到了码头。到底持续了多久，我现在不知道了。我害怕极了，彼得始终用那可怕的东西对准我们，忽然外边是一片喧闹声和叫喊声。我丝毫也不知道他打算干什么，我想他自己也不知道。他应当知道他已经完蛋了，那时几乎不可能不是这样的。我经常自问他当时为什么没有打死我们。那个时刻他已经没什么不可失去的东西。也许是因为他明白，最终责任不是我们的，我的意思是……”她边说边看他，想知道可不可以说出她想说的话，“那具尸体同我们没有关系，正如它同你们或其他任何人都没有关系一样。我看见他想把它放回我们家前面……”

“这我完全不知道，”安东插进去说。“也许他想把它摆在博默尔夫妇家前面。你肯定知道，博默尔夫妇，他们是老人。你父亲可能同他打过架。”卡琳叹了口气，用手搓了一下自己脸。她失望地看着安东，她觉察到，他现在希望先听听她讲后来发生了些什么，却不会要求她这样做。他也觉得她已经看出了这一点。她猛地把头转过去朝另一方向看去，似乎要在那个方向求援。但没有人来帮助她，所以她说：

“啊，东尼……我们家通向花园的门没封严，在黑夜中漏出了光线，他们透过门缝看见了他和他的手枪。突然有子弹穿过玻璃打进来。我趴到地上了，但我想他当即被打中了。不久后他们把门踢坏进来了，又开了几枪，是把冲锋枪对准了他打的。好像是打一只狗似的……”

太阳神不能用更好的词儿描写废墟吗？原来是这样的。安东仰了一下头，深深地吸了口气，同时望着广告飞机后面飘扬的布条，却什么也看不见。今天他亲自参加了和平示威，而三十六年前那件事发生时他并不在场，但今天的示威却比以前那件事遥远得多。

他想起了那间屋子，过去他在那儿同卡琳玩跳棋——彼得是在那儿被一颗从门缝飞来的子弹打死的。

“后来呢？”他问。

“我记不清了……”从她的声音他知道她哭了，但他没有看她。“我后来再也没有看他。我们立即被拖到花园里，好像我们还面临着更多的危险似的。我想我们在那寒冷的夜晚站了很久。我只记得他们哐啷一声，砸了你们家玻璃。后来又来了其他的各种各样的人，他们在你们家进进出出的。后来把我们穿过农田带走了，那儿也停着几辆汽车。他们要我们去军区司令部，但在远处我还听见了他们烧你们家房子时所发出的可怕爆炸声……”

她说不出话来了。安东还记得在军区司令部里见过科特维赫，当时后者正在穿过一条走廊。那杯热牛奶，涂着鹅油的面包……他觉得心烦意乱，觉得心里像被小偷翻箱倒柜了的屋子那么乱，但同时随着这段回忆他心里也出现了一丝的幸福感，但当他想起舒尔兹时，想起舒尔兹的身体在卡车脚蹬板下面被翻过来的情景时，这种幸福感就立即消失了……他紧紧地闭了一下眼睛，然后又大大地睁开了眼睛。

“他们还审问了你们吗？”

“我被单独审问了。”

“你当时讲了实际情况吗？”

“讲了。”

“听你说彼得同暗杀毫无关系时他们说了什么？”

“他们耸了耸肩膀。他们早就这样想。手枪应该是普鲁赫的。他们说同时已经另外抓了一个人。假如我没听错的话，抓了一个姑娘。”

“是的，”安东说，“这我后来也听说了。”他迈出了四步，然后才说道：“像你那么大的姑娘。”他想了一下。他现在应当把一切弄清楚，然后再把一切埋藏起来，压上一块石头，永远再也不想它了。“有件事我不懂，”他说，“他们不是看见了彼得用手枪威胁你们吗？他们没有问这是为什么吗？”

“当然问了。”

“那么你说了什么呢？”

“真实的情况。”

他不知道该不该相信她。另一方面，在那个时刻她可能还不知道他父母亲再也不能把事实说出来了；其实他自己也能讲当时的事实，但没人问过他。

“就是说，你告诉了他们普鲁赫最初是躺在你们家门口的？”

“是的。”

“和后来你们把他放在我们家前面？”

她点了头。她也许想，他又会狠狠地说她一顿，但他并没有这样做。在半分钟的时间内他们两人什么都没有说。他们并肩继续走着，他们的躯体在示威游行，心却不在这里。

“你不害怕，”安东问，“他们也放火烧你们家房子吗？”

“烧了就好了，”卡琳说，好像已经在等待这问题似的，“你想想，发生了这一切后，我是什么样的感情呢？假如他们烧了我们家房子，我的生活会是另一个样子。当时我最希望他们打死了我，或者彼得打死了我。”

安东听出来了她真的这么想。他产生了安慰她一下的欲望，但没有这样做。

“他们听你说了后怎么说？军区司令在场吗？”

“这个我不知道。一个穿着便服的德国鬼子审问了我。起初……”

“他脸上有个伤疤吗？”

“一个伤疤？我想没有。为什么？”

“继续讲呀！”

“最初他只用德文说：‘谁、如何、哪儿、什么，这我都毫不感兴趣’，他没有抬头。我还记得一清二楚。后来他突然把钢笔放下了，在胸前叉着胳膊，看了我片刻，然后尊敬地说：‘祝贺你’。”

安东觉得也想祝贺她，但克制了自己。

“这些你告诉了你父亲吗？”

卡琳像是在做梦似的小声地说：

“他从来不知道我说了什么，我也不知道他说了什么。我们只是第二天被允许回家后才见面的。我还来不及说话，他就说了：‘卡琳，以后永远不谈此事，明白吗？’”

“你明白了，对吗？”

“他再也没有提起此事，一句话也没有说，一辈子都如此。我们回家看见了还在燃烧着的废墟，博默尔夫人告诉了我们……我指的是，你父亲……你母亲也……此时他也没说什么……”

推着轮椅的女人不见了，她在朝另外方向的人流中消失了。在一个拿着话筒的女人的号召下，大家又高呼口号，同时鼓掌，但因为没有扩音器，几乎听不见大家呼口号的声音。多数人沉默地走着，好像前面抬着死去亲人的棺材似的。人行道站满了看热闹的人，他们是来看游行队伍。走路的人群和看热闹的人群之间似乎存在着某种隔阂，是一种冷冰冰的东西把他们分割开来，这同战争有关系。

“战争结束几年后，”安东说，“我还拜访过博默尔夫妇。当时我听说你们解放后不久搬走了。”

“移民了。去新西兰了。”

“是吗？”

“是的，”卡琳说，同时抬头看着他，“因为他怕你。”

“怕我？”安东微笑着说。

“他说要开始新的生活，但我想，他不想让你见到他。从解放第一天起他就竭尽全力想方设法离开。我肯定地知道他害怕一旦你长大了会有一天来报仇的……也会来找我算账。”

“你们怎么回事！”安东说，“我连想也没有想过！”

“可他想过。解放后几天你舅舅按了我们家的门铃，但他自我介绍后，我父亲马上把门关上。从此他时时刻刻没安宁。几个礼拜之后我们先去了鹿特丹，住在我的一个阿姨的家里。因为我父亲在港口里有各种关系，是从前认识的人，我们在这一年年底就已经可以走了，是乘货轮走的。我们可能是第一批移民去新西兰的荷兰人。”忽然间她用一种奇怪的、冷淡的目光看着他。“在那儿，”她说，“他在一九四八年自杀了。”

安东听了这话后十分吃惊，但立刻产生了赞同和满意的感情，好像他现在真的报了仇似的。三十三年前坑害彼得的凶手死了，彼得的仇报了。塔克斯会怎么说呢？他开了枪三年后又死了一个人。

“为什么？”他问道。

“你说什么？”

“他为什么自杀了？他搬走尸体不正是为了保护自己生命吗？说不定首先是为了保护你。他只是无意地为偶然发生的事件出了点力的。”

有一条马路堵塞了，他们几乎完全不能前进了。卡琳摇了摇头。

“不是吗？”安东说。

“没人想到他们也会打死居民。这种事从来没有发生过……彼得拿着手枪站在那儿时我们的生命才受到威胁。”

“我还是不明白。他希望被烧掉的不是你们的房子，而是我们的房子，行啊，这当然不好，然而可以理解。后来一切乱套了，可这他无法预计呀。有人被打死，这不是他的愿望呀。我可以想象他觉得心中有愧，或者害怕……可是，自杀？”

他看见卡琳咽了一下口水。

“东尼……”她说，“还有一件事必须让你知道……”她站住了，但不得不又前进一步。“听见枪声并看见普鲁赫躺在我们家前面时，他说的唯一的一句话是：‘上帝呀，我的蜥蜴’。”

安东睁大着眼睛越过她头顶望着前方。蜥蜴……这种事情可能发生吗？一切是那些蜥蜴造成的吗？最后的罪魁祸首是那些蜥蜴吗？

“你的意思是，”他说，“如果没有那些蜥蜴就不会发生那些事？”

卡琳沉思着捡起一根掉在他肩膀上的头发，然后搓了一下大拇指和食指，那根头发掉到马路上。

“我从来没弄懂它们对他有什么意义。它们包含着某种永恒的和永生的东西，某种以这样那样的方式窝藏在它们内部的秘密。我不知道该怎么说。就像小孩子也总有一些秘密那样。他可以几个小时像蜥蜴那样纹丝不动地坐在那儿看着它们。这同我母亲的死有某种关系，我想，但不要问我，因为我不知道。你可要知道他费了极大的劲才在闹饥荒的那个冬天里保住了它们的生命；那几乎是世界上唯一还能使他感兴趣的事情。他爱那些动物可能胜于爱我。它们好像是他最后的支柱。”

现在游行队伍完全停止不走了。因为参加几个分开进行的示威集会的人群都逐渐地同主要的游行队伍汇合在一起，游行路线堵得越来越厉害。他们现在正紧挨着站在一个很宽的标语横幅的后面，因为举标语的几个人没有把它绷紧，他们的视线被挡住了。

“但是，事情发生过后，”卡琳继续说，“彼得死了，你父母死了，那几只蜥蜴可能突然在他心目中重新变成了普通的蜥蜴，就是几只普通的动物。我们从军区司令部回家后他马上就把它们都踩死了。我听见了他在楼上疯子般地闹。后来他把门锁住了，不让我进去。几个星期之后他才收拾了房间，把蜥蜴残尸埋在花园里。”卡琳没有把握地摆了摆手。“因为他爱几只爬行类动物，三个人死了。而且，如果你有机会，也可能会杀他。他可能是因为有这种想法，才觉得不能活下去了。”

“我怎么会杀他？”安东说，“我根本不知道蜥蜴的事。”

“可我知道呀！而他知道这个情况。因此他才竭尽全力带我同他一起去地球的另一边，虽然我根本不想去。然而，最后他完全不需要你来杀他。你就在他自己的内部。”

安东觉得直恶心了。她说的情况听起来好像比现实的情况更加可怕。他看了看卡琳的脸，她哭得比刚才还伤心。他现在必须离开她，永远不能同她见面，但还有一件事他必须知道。她还在说话，但他几乎听不见她的话：

“他是一个非常不幸的人。如果不是在研究蜥蜴，他就盯着地图看。到摩尔曼斯克的航线，美国的船队……他太老了，不能试试逃到英国，以便……”

“卡琳，”安东说。她沉默地看着他。“你们在家里坐着，你们听见了枪声，你们看见普鲁赫在外头躺着，你们就出去搬掉他，是不是？”

“是的。我父亲使我措手不及。他在一分钟之内做出了决定。”

“听着。在那一时刻你们各自抓了他的一边，你父亲抓了他的肩膀，你抓了他的脚。”

“你看见了？”

“这无关紧要。我只想知道一件事：你们为什么把他搁在我们家，而不是在阿尔兹他们家那儿，在另一个方向？”

“我要那样做，我要那样做！”卡琳突然兴奋地说，同时把手放在安东胳膊上。“我当然认为不应该把他拖到你们那儿，到你和彼得那儿，应该拖到阿尔兹家那儿，他们只有两个人，并且我实际上完全不认识他们。我已经朝他们家的方向迈出了一步，但这时我父亲说：‘不，不要去那儿，那儿有犹太人’。”

“天呀！”安东捧着头喊叫。

“是的，这事我也不知道，可我父亲看来知道。那儿从一九四三年起就躲藏着有一个孩子的年轻家庭。解放那一天我第一次看到他们。如果普鲁赫被拖到那儿去了，那几个人无论如何会死的。他们肯定也看见了我们干的事情，但他们始终不知道原因。”

大家都非常讨厌阿尔兹一家人，因为他们从不理别人，他们却挽救了三个犹太人的生命，而这三个犹太人——因为住在他们家——

救了他们的生命！尽管逻辑有毛病，科特维赫还是一个好人！因此普鲁赫的尸体才被拖到另一边，在他们家那里，以致……安东再也忍受不住这一切。

“再见卡琳，”他说，“请原谅我，我……我为你祝福。”

他没有等她回答，就把她一个人地扔在那儿，然后挤进了人群，沿着曲折的路线走掉了，好像要保证她再也找不到他似的。

## 四

过了一段时间后他才恢复了思考，但为时不长。他融入游行队伍中还在行走或重新行走的某个部分，让人群把他带走。这儿的十万人好像都在帮助他似的。在他的前面和后面，在横跨一条一条小运河的桥上，到处都是没完没了的人类生命的洪流，从岔道里出来的一大批一大批的人群仍然在继续扩大洪流的规模。忽然他觉察到一只手握住了他的手，是彼得，他笑着抬头看着安东。安东也笑着看他，但他发现自己的眼睛火辣辣的。他朝彼得弯下身子，一句话也没说，亲了一下他发热的头顶。彼得开始对他说话，但安东并没有听见彼得说什么。

每个人是不是既有罪又无罪？有罪的人是不是无罪，无罪的人是不是有罪？那三个犹太人……六百万个犹太人被杀害了，比这里走路的人多几十倍；然而，由于那三个人遇到了生命危险，他们却无意地救了另外两个人和自己的生命，而代替他们死掉的是自己的父亲、母亲和彼得，并且是因为几只蜥蜴……

“彼得？”他说，但当小家伙抬头看他时，他只是笑着摇了一下头，于是彼得也对他笑了一下。此时此刻他想起一个词来了，当然啰，金字塔，就是它，现在的这些废墟过去都是为了祭祀埃及太阳神建造的。

当他们在通向丹姆广场的路上走到了城西教堂附近时，后边的人群突然发出可怕的叫喊声来了，声音起初很远，而且很小，但慢慢地向他们逼近。大家都吓坏了，都向后转过身子。发生了什么事？现在不应当出任何事！这不可否认是人们恐惧的叫喊声，它一直没有消失，反而越来越近。当它到达他们时，游行队伍里仍然没有出任何事，但大家突然都开始乱叫起来了，彼得也如此，安东也不例外。过了一会儿叫喊声过去了，它向前移动了，他们笑着留在它后面。在市议会街的岔口处声音消失了。过了不久彼得试图发动人们再次叫出这种声音来。但几分钟后它又从后面过来了，越过了他们，然后在远处又消失了。安东明白了，它是在全市移动的——最早出发的人又回到了博物馆广场，应该最后出发的人却还没有出发——那个声音就这样转圈跑着，大家都是笑着喊叫的，但发出的是恐惧的叫喊声，它是自古以来在人类社会里就存在着的、原因不明的大风浪，人类却利用它教育自己。

然而，这一切有什么意义呢？一切都会被人们忘掉的。叫喊声会消失，大风大浪会平息下来，人群会离开街道，城市会重新平静下来。一个瘦高的男人带着自己儿子参加一次示威游行，他“体验过战争”，他正好赶上，是最后的人之一。他是迫不得已地参加了那次示威游行，他的眼睛闪闪发亮，好像觉得这种想法很好笑似的。他略微歪着头，似乎听见了远处发出的声音，游行的人群穿过城市把他带到出发地点，他猛地摇了一下头，把灰色的直头发往后甩，他拖沓着鞋走着，鞋子周围好像扬起了一团团灰烬形成的尘埃，而实际上哪儿都没有灰烬。

写于阿姆斯特丹

一九八二年一至七月